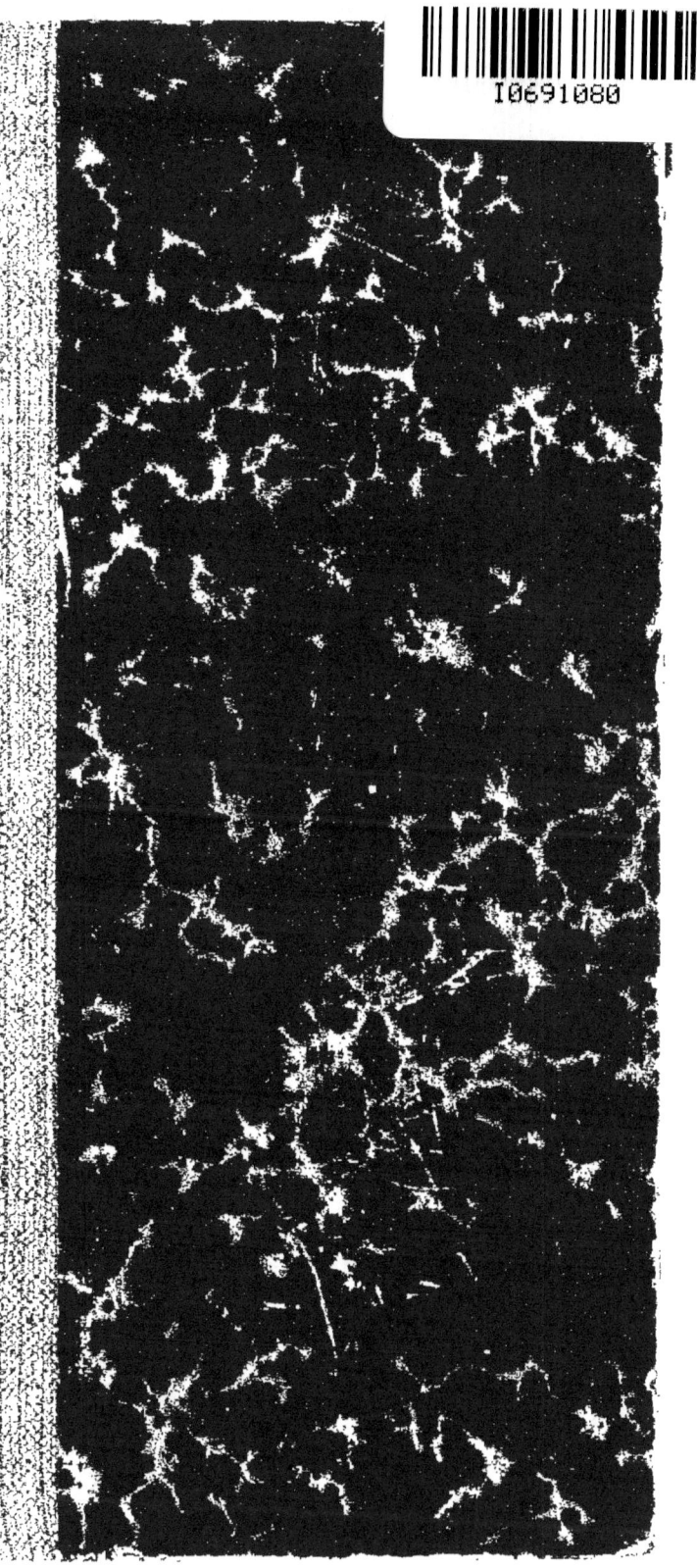

ALEXANDRE GUÉRIN
(JACQUES DE CHENNEVIÈRE)

omment

on devient

Journaliste

PARIS-LYON

PUBLICATIONS UNIVERSELLES ILLUSTRÉES

1910

Comment on devient Journaliste

DU MÊME AUTEUR

Pour paraître prochainement :

Comment faire la Publicité
pour obtenir de bons résultats.

Manuel-Guide à l'usage de MM. les Commerçants
et Ind ustriels . . . . 1 vol.

En préparation :
Le Journal de l'Avenir.

Monographie d'un système de Journal *Breveté
S. G. D. G.* (Inventeurs : MM. Alexandre et Victor
Guérin).

ALEXANDRE GUÉRIN

(JACQUES DE CHENNEVIÈRE)

Comment

on devient

Journaliste

PARIS-LYON

PUBLICATIONS UNIVERSELLES ILLUSTRÉES

—

1910

A Monsieur le Ministre du Commerce JEAN DUPUY, Président du Comité général des Associations de la Presse française, très respectueusement je dédie ce petit livre.

ALEX. GUÉRIN

Paris, le 31 janvier 1910.

UN SIMPLE MOT

Alors que pour toutes les professions il existe des manuels plus ou moins pratiques, qu'il est possible de se procurer partout à des prix relativement modiques, celle de journaliste en est encore à attendre le sien. Aussi combien de journaux aux belles et généreuses idées, par conséquent dignes du succès, auraient vu leur œuvre grandir, au lieu de disparaître misérablement aussitôt que nés, si les directeurs avaient été guidés techniquement *dans leurs débuts ! Combien de vocations qui, au lieu de s'émousser, se seraient accusées davantage, pour le plus grand bien de la pensée et de l'art !*

C'est pour combler cette lacune que j'ai condensé dans cette notice les observations que m'a suggérées la direction de nombreux journaux et périodiques divers tant à Paris qu'en province, à côté des indications recueil-

*lies de-ci de-là, dans quelques ouvrages, jour-
naux ou revues.*

*J'ai voulu simplement rendre service aux
personnes ayant le projet de fonder et de
diriger un petit journal, une revue, un bulletin de société, en d'autres termes une « publication périodique » dont le champ d'action
est limité.*

*Afin d'être mieux compris, j'ai gardé le
plus possible le ton de la causerie familière,
cherchant à faire œuvre utile et non œuvre
de savant.*

*Mon principal désir a été de mettre, en
ces quelques pages, les profanes au courant des
choses de la Presse et de guider leurs premiers
pas dans une carrière qui ne sera jamais trop
encombrée, puisqu'elle vise, par-dessus tout,
au développement intellectuel des masses.*

Le lecteur jugera si j'ai atteint mon but.

                                       A. G.

PREMIÈRE PARTIE

**Aperçu historique sur la naissance et les
progrès de la Presse**

CHAPITRE PREMIER

PUISSANCE DE LA PRESSE

Son rôle sur le mouvement politique et social

Qui oserait nier aujourd'hui les services rendus par la Presse. Elle est l'avant-garde du progrès, elle creuse la route devant lui. Il y a plus d'un siècle Sieyès disait déjà : « Voulez-vous réformer les abus ? La Presse vous préparera les voies, elle balaiera pour ainsi dire, devant vous, cette multitude d'obstacles que l'ignorance, l'intérêt personnel et la mauvaise foi s'efforcent d'élever sur votre route. Avez-vous besoin d'une bonne institution? Laissez la Presse vous servir de précurseur. » Écoutant ces conseils on cessait petit à petit de traiter la Presse en ennemie, d'autant plus qu'en reconnaissant le rôle important qu'elle jouait en qualité de puissance politique, on constatait son importance indéniable en ce qui concerne l'éducation générale du peuple.

Née au XVIIe siècle grâce à l'initiative de Théophraste Renaudot, la Presse a vu chez nous son succès grandir chaque jour, mais son premier essor date de la Révolution. Pour arriver au premier plan de la politique, remarque M. J. Bourdeau, le journalisme était déjà la voie directe et rapide. « Tous les hommes qui ont figuré sur la scène tragique de la Révolution ont été des journalistes. De grands et odieux folliculaires, les Camille Desmoulins, les Marat, excitent les foules incendiaires, meurtrières, cannibales qui ravagent le pays du Nord au Midi, de l'Est à l'Ouest. De la Presse s'élèvent également, avec André Chénier, Mallet du Pan, Rivarol, les protestations les plus éloquentes, la critique la plus acérée de l'utopie révolutionnaire. Sous la Terreur et le Directoire, le journalisme a son martyrologe. » Il continuera, désormais mêlé à toutes les luttes, à jouer son rôle sur le mouvement politique et social, et deviendra de plus en plus libre et hardi jusqu'au jour où tout à fait populaire, répandu un peu partout grâce aux progrès de l'imprimerie, il renversera les derniers obstacles qui retardaient son expansion.

« La loi du 29 juillet 1881 élèvera la Presse au rang de puissance de premier ordre, avec laquelle tout gouvernement devra compter. »

Nécessité des petits journaux

Voici donc la Presse parvenue à son suprême degré de liberté mais non de perfection, car chaque conquête de la science lui profite dans l'ordre intellectuel et moral ; c'est à elle que tous les progrès matériels et toutes les inventions servent pour élargir son domaine et faciliter sa production.

A mesure que la société fait au journal une place de plus en plus belle, à mesure que son indépendance devient plus grande et que les lois lui accordent des garanties plus étendues, ses conditions d'existence se modifient et s'améliorent aussi.

Le nombre de journaux va grandissant, si bien qu'on en compte aujourd'hui 3.400 à Paris, 5.350 dans les départements et 315 aux Colonies, soit un total de 9.065. Sur ce nombre on trouve seulement 520 journaux quotidiens. Les 8.545 qui restent sont de périodicité diverse : bi ou tri-hebdomadaires, hebdomadaires, bi ou tri-mensuels ou mensuels.

C'est à la loi du 29 juillet 1881 que nous devons ce chiffre énorme et toujours croissant des organes de la Presse hebdomadaire et des revues. Il s'explique par la nécessité où sont réduits trop souvent des hommes indépendants, ne trouvant plus l'appui ni l'hospitalité des grands organes, d'en créer des petits, afin de pouvoir semer leurs idées à travers l'opinion.

Cette Presse, toute de science et de combat, lutte vaillamment ; mais comme le constatait, avec amertume, dans un récent congrès de journalistes, un de nos distingués confrères, M. Biéchy, « son aînée la paralyse en lui entamant jusqu'à ses petites ressources, pour l'absorber totalement ou la réduire à sa plus simple expression.

« Les ressources limitées étant épuisées, l'organe disparaît pendant que les idées sommeillent.

« Or, ces idées qui viennent des indépendants sont le plus souvent généreuses et humanitaires ; c'est la raison qui les fait rejeter de la Presse spéculative, cette dernière n'entendant vivre qu'en trompant le plus souvent le public. De toutes les escroqueries dont elle est la complice, elle s'en lave les mains. Ce qu'il lui faut, c'est de l'argent.

« La Presse spéculative vit donc de toutes les iniquités, de toutes les fraudes, soutenant

très souvent des magistrats et des fonctionnaires dans leurs dénis de justice.

« On comprend, dans ces conditions, que
la Presse indépendante ait beaucoup de peine
à soutenir la lutte. »

Cependant ses efforts sont loin d'être inuti-
les, elle est « une digue à l'excès de corruption
trop fréquent dans les démocraties. Elle est
impuissante à réprimer la friponnerie et la
fraude ; mais elle les découvre et les étale au
grand jour. Pour le politicien douteux, elle est
le commencement de l'honnêteté. » Aussi est-il
nécessaire qu'elle prospère pour la défense de
nos libertés si chèrement conquises, pour le
triomphe de la Vérité et de la Justice.

CHAPITRE II

Les « acta diurna » de Jules César. — La « Gazette » de Théophraste Renaudot. — Le « Mercure de France ».

Il est intéressant, pour de futurs « journalistes », de savoir d'où vient le *journal*, comment il est né et de quelle façon il s'est développé jusqu'à nos jours.

Le premier journal fut fondé par Jules César au temps de son premier Consulat pour combattre la puissance et amoindrir le prestige du Sénat romain. C'étaient les *acta diurna*, sorte de petites affiches qui relataient les faits divers, les nouvelles et comptes rendus politiques, religieux ou théâtraux, les chroniques judiciaires, les nécrologies, etc. On y trouvait déjà des annonces. On les placardait sous les portiques, dans les carrefours ou bien encore on les distribuait chez les barbiers. Les rédacteurs s'appelaient *diurnarius*. La Presse romaine fit bientôt des progrès sensibles. Cicéron parle d'un certain Chrestus dont la feuille était très répandue et Sénèque se défend d'avoir envoyé aux journaux la relation de ses bienfaits.

L'Empire ne fit qu'aider à son développement. Des feuilles nouvelles parurent que composaient un grand nombre de copistes et que les riches citoyens se faisaient lire pendant leurs repas. Elles donnaient alors le bulletin des réceptions privées et leurs comptes rendus. Il en fut ainsi jusqu'à l'invasion de l'Italie par les Barbares. Alors les journaux disparurent.

Le moyen âge les ignora, l'invention de l'imprimerie les fit réapparaître. Ce fut à Londres en 1588 qu'apparut le journal proprement dit sous le nom d'*English Mercury*.

En 1605, le libraire Richet fonda sous le titre de *Mercure de France* le premier journal qui ait eu dans notre pays une existence régulière. Cette feuille qui dura près d'un demi-siècle précéda de vingt-six ans l'apparition de la fameuse *Gazette* fondée en 1631 par Théophraste Renaudot et qui, devenue la *Gazette des Recueils*, puis la *Gazette de France*, est parvenue jusqu'à notre époque, après une courte disparition pendant la tourmente révolutionnaire.

Théophraste Renaudot était un modeste

maître d'école, né à Loudun, qui obtint de la Faculté de Montpellier le grade de docteur. Une bonne partie de sa vie fut employée, selon la spirituelle expression de Jules Janin, « à inventer toutes sortes de choses qui ont été inventées depuis lui. »

En effet, il créa les bureaux de placement, les *Petites-Affiches* et le Mont-de-Piété.

Le cardinal de Richelieu entrevit de suite l'utilité qu'il y aurait pour le gouvernement à se servir de l'invention de Renaudot, pour répandre dans les foules son opinion sur les événements de chaque jour. Il entra en relations avec le médecin-journaliste et s'assura du concours de sa *Gazette*. Renaudot inaugurait ainsi une ligne de conduite peu indépendante, mais lucrative, qui du reste a été suivie de tout temps par certaines feuilles et sous tous les régimes.

Jusqu'en 1762, la *Gazette de France* parut une fois par semaine en huit pages petit in-quarto et était divisée en deux parties dont l'une, portant le titre de *Gazette*, contenait les nouvelles officielles, tandis que l'autre s'intitulait : « Nouvelles ordinaires de divers endroits ». Puis elle parut deux fois par semaine, le mardi et le vendredi, en quatre pages à deux colonnes. Malgré que son prix, 15 livres par an, fût assez élevé pour l'époque, elle eut un très

grand succès qui provoqua assez vite des con-
currentes. Trois autres feuilles furent créées :
le *Journal des Savants* qui faisait la critique
des livres, la *Gazette burlesque* de Loret, qui
se fit une spécialité des histoires scandaleuses
et enfin le *Mercure galant,* ensuite *Mercure
de France* dont l'existence se prolongea de
1672 à 1825 avec une vogue inouïe. Ce fut le
plus complet, le plus original, et il les éclipsa
tous. Il s'occupait à la fois de politique, de
critique et de chronique. Le véritable journal
était né frondeur, méchant mais spirituel et
brave.

Ici s'arrête la première période du journalisme; la critique littéraire va mourir pour
ne renaître que longtemps après.

*Les journaux sous la Révolution. — Bonaparte
et la Presse. — Louis XVIII journaliste*

La Révolution donna le signal d'une su-
bite éclosion de journaux rédigés, la plupart
du temps, par les hommes politiques les plus
en évidence. Pour Paris seulement on en compte
environ 790 parus depuis 1789 jusqu'en 1800.
Ces innombrables feuilles vécurent peu et les
plus célèbres furent le *Courrier de Provence* de
Mirabeau, le *Vieux Cordelier* de Camille Des-

moulins, la *Patrie en danger*, et enfin deux publications luttant entre elles de férocité et de cynisme : le *Père Duchesne* de Hébert et l'*Ami du Peuple* de Marat. C'est à ce moment aussi, le 24 novembre 1789. que fut fondé le *Moniteur Universel* qui demeura l'organe du gouvernement jusqu'à la création du *Journal Officiel*.

Le 17 janvier 1800, Bonaparte supprima tous les journaux, sauf treize, puis devenu Empereur, en réduisit encore le nombre à cinq, parmi lesquels : le *Moniteur* et le *Journal des Débats*.

Sous la Restauration, la situation de la Presse ne s'améliora pas beaucoup. Les seuls journaux dont la création fut autorisée étaient presque tous des feuilles royalistes, telles que la *Quotidienne*, le *Conservateur* où Chateaubriand écrivait, et le *Nain Jaune* qui publia des notes rédigées par Louis XVIII.

Personne n'ignore aujourd'hui que M. Thiers suivit cet exemple et que sous le masque d'un « Vieil abonné » il fit paraître, pendant sa présidence, de nombreux et longs articles dans le *Figaro*.

*Émile de Girardin révolutionne le journalisme.
— Le bon marché par le grand nombre. —
Le « Petit Journal » à cinq centimes.*

En 1836, Émile de Girardin, député de la Creuse depuis déjà deux ans, fit paraître la *Presse*.

Ce fut une profonde révolution dans le journalisme. Elle le démocratisa en réduisant de moitié le prix habituel de l'abonnement, et en mettant ainsi le journal à la portée du plus grand nombre. La combinaison reposait sur cette idée économique, dont le succès a constaté la justesse : «Le produit des annonces étant en raison du nombre des abonnés, réduire le prix d'abonnement à sa plus extrême limite, pour élever le chiffre des abonnés à sa plus haute puissance. » En même temps Émile de Girardin créait le roman-feuilleton en rez-de-chaussée signé d'Alexandre Dumas ou d'un autre écrivain à la mode. Il tira alors à 150.000 exemplaires, résultat inconnu jusqu'à lui. Le succès était atteint, l'œuvre de la Presse allait commencer sans qu'il soit désormais au pouvoir de personne d'en atténuer la force.

Plus tard sous le second Empire, l'idée de Girardin fut complétée. En 1863 Moïse Millaud fonda le *Petit Journal* à cinq centimes et la réussite fut telle, que du premier coup, il put s'offrir le luxe de payer 100.000 francs par an un « Premier Paris » quotidien au fameux Léo Lespès, plus connu sous le nom de Timothée Trimm.

Par une coïncidence heureuse, le vote de lois plus libérales permit au nouveau journal de ne pas se maintenir exclusivement dans le domaine littéraire et son bon marché le répandit tellement dans la France entière qu'il atteignit, en peu de temps, cinq cent mille lecteurs, chiffre qu'il a plus que doublé depuis.

La Presse en province

Tandis que Paris voyait apparaître successivement les feuilles que nous venons de citer, la province avait commencé d'avoir ses organes et quelques-uns comme le *Journal du Havre* compte aujourd'hui 159 ans, le *Journal de Rouen* et le *Journal de Maine-et-Loire* comptent respectivement 147 et 135 ans.

Viennent ensuite : le *Courrier du Loiret* avec 120 ans ; le *Journal de Lot-et-Garonne*, 118 ans ; le *Journal de Meurthe-et-Moselle*, 112 ans ; le *Journal d'Indre-et-Loire*, 110 ans. Puis entre 80 et 100 ans : le *Courrier du Pas-*

de-Calais, les *Tablettes des Deux-Charentes*, le *Journal de Toulouse*, le *Journal du Cher*, la *Haute-Loire*, le *Journal de la Marne*, l'*Écho de l'Est*, l'*Abeille d'Étampes*, l'*Écho pontoisien*, etc.

Telle est, brièvement résumée en ses grandes lignes, l'histoire du journalisme fondé par Renaudot, transformé deux siècles plus tard par Girardin, et devenu dans les habitudes actuelles une chose indispensable dont le public ne pourrait plus se passer.

CHAPITRE III

En 1846, beaucoup de copie, peu d'argent
En 1909, beaucoup d'argent, peu de copie

En même temps que s'accomplissait l'œuvre de « décentralisation » de la Presse, la situation du journaliste s'améliorait ; il était partout mieux payé et mieux considéré. Quoiqu'un de ses plus illustres représentants ait dit que le journalisme menait à tout à condition d'en sortir, il n'empêche que de nos jours, dans les grands quotidiens, les rédacteurs se voient octroyer des appointements que nulle autre carrière ne leur permettrait d'espérer.

Un peu d'histoire rétrospective va nous montrer la marche ascendante des rétributions allouées aux « gazetiers ».

Entre 1846 et 1847, la ligne était payée six centimes à la *Silhouette*, au *Corsaire*. Les plus favorisés, tels Murger, Busquet, Viard, Vitu,

Nicolle, Weill devaient fournir des montagnes de copie pour se faire une soixantaine de francs par mois. Le grand rêve était de glisser un article dans le *Charivari*, dont l'administration fastueuse payait dix centimes la ligne.

De 1850 à 1855, le taux de la ligne était ordinairement de quinze centimes pour un journal sérieux. Dans les petits journaux on continuait à travailler pour rien ou à peu près. Il en est d'ailleurs toujours ainsi. Parfois on était réglé en nature. La chronique raconte qu'en 1854 un petit journaliste reçut, pour deux ans de collaboration assidue, la somme de dix francs, plus un tapis défraîchi, trois flacons de vinaigre, un paletot de caoutchouc double face et trois briquets à cigares, dont un argenté. Toutes ces munificences provenaient d'annonces faites par son directeur, qui était en même temps courtier de publicité.

Vers la fin du second Empire, le journalisme devint plus lucratif. En 1865, un mouvement ascensionnel se prononça. La *Petite Presse*, feuille populaire, donnait 24.000 francs par an à son chroniqueur Tony Révillon. Le *Monde Illustré* rétribuait à quarante centimes la ligne ses quatre courriéristes. Le *Figaro* payait royalement les siens; M. de Villemessant ajoutait des gratifications assez fortes à l'occasion. Quant au prix de la ligne il variait de

15 à 75 centimes ; le reportage était à 30 centimes ; le feuilleton allait de 15 à 30.

La *Revue des Deux-Mondes*, après des débuts pénibles, a fini par servir à ses actionnaires un intérêt égal au capital versé.

Un récent procès qui mit en cause deux de nos journaux parisiens les plus répandus a suffisamment fait connaître à tous, les sommes importantes payées à certains de leurs collaborateurs, pour que nous ayons besoin d'insister.

Suppression de l'anonymat

A côté des avantages pécuniaires de la carrière il en est un autre que les journalistes français apprécient fort, c'est la suppression de l'anonymat qui, jusqu'aux premières années du second Empire, fut de règle absolue. A cette époque deux ou trois écrivains avaient seuls le privilège de placer comme signature, au bas de leurs articles, un pseudonyme ou, le plus souvent même, une simple initiale.

Cette méthode n'a pas encore été abandonnée par l'Angleterre et, journellement, il s'y dépense beaucoup de talent, sans profit pour la renommée de personne, sinon pour le journal et son directeur.

Qualités indispensables du journaliste moderne.

Mieux payé, plus connu, en communion d'idées avec ses lecteurs, le journaliste se faisait apprécier, aimer, rechercher. Alors qu'il y a vingt ans, un bourgeois se serait fait scrupule de se trouver, dans quelque salon du grand monde, en sa compagnie, aujourd'hui le journaliste est partout considéré et c'est à lui que l'on s'adresse presque toujours pour obtenir une faveur, sachant très bien qu'il a ses petites entrées chez les personnages influents. Il semble qu'il existe en lui une force puissante.

Quand Guillaume II envoya son frère, le prince Henri, en Amérique, il prit soin de l'avertir que les directeurs des grands journaux y étaient des personnages aussi importants que des généraux commandants de corps d'armée en Allemagne, et qu'il devait les traiter comme tels !

Le journaliste est tellement à la mode que des quantités de jeunes gens, convaincus que « tout petit Français naît avec un porte-plume derrière l'oreille », rêvent de le devenir un jour. Ils ne se doutent pas dans leur précoce emballement du « petit nombre d'élus » parce qu'aucune autre profession n'exige autant de qualités exceptionnelles. Une instruction solide comprenant : histoire, littérature, économie politique, sociologie, philosophie, même théologie n'est pas seulement indispensable ; il faut y ajouter le nécessaire pour mettre en œuvre chaque jour, au hasard de l'occasion, un tel acquit : mémoire, présence d'esprit, promptitude et netteté. Joignez par surcroît la verve et le style. Voilà pour l'intellectuel. Longue aussi est la liste des qualités morales requises.

A ce compte, comme le faisait remarquer un de nos spirituels confrères des *Débats*, c'est un être d'exception que le parfait journaliste. Le Créateur se recueille avant de le pétrir. Pour lui, comme pour un monde, il faut un *fiat*.

Journalistes enrichis dans la Presse

Cependant nombreuses sont les fortunes que des journalistes intelligents ont réalisées dans la Presse, aussi bien en France qu'à l'étranger.

De la liste que M. Charles Giraudeau en a dressée il y a quelques années dans *Je sais Tout*, nous extrayons les suivantes :

« Pour le Royaume-Uni :

« La dynastie des Walter à qui le *Times* a

valu quantité de millions ; le quatrième du nom dirige actuellement le grand journal de la cité et l'a modernisé avec un sens des nécessités du temps qui l'a protégé contre la concurrence débordante des journaux à un sou. Ceux-ci n'en ont pas moins prospéré du reste, et les Harmsworth du *Daily Mail,* les Pearson du *Daily Express* et du *Standard,* les Newnes du *Tit-Bits,* tous trois fils de leurs œuvres, ont fait de rapides et colossales fortunes aussi américaines que leurs formules journalistiques ;

« Pour les États-Unis :

« La fortune la plus connue, et aussi la plus considérable et la plus solide, est celle de M. James Gordon Bennett, le propriétaire du *New-York Herald* qui vaut près du demi-milliard ; on peut citer aussi celle de M. Pulitzer, propriétaire du *New-York World,* israélite d'origine galicienne, qui débuta comme manœuvre à New-York où il passa sa première nuit sur le banc d'une promenade, n'ayant pas les quelques *cents* nécessaires pour s'offrir un abri, et celle de M. Hearst, le bruyant directeur des *American,* qui est à la tête de cinq journaux à gros tirage. »

La presse française mène également parfois à la fortune ceux qui ne l'abandonnent pas.

Après Émile de Girardin avec la *Presse,* de

Villemessant avec le *Figaro*, nous avons eu Marinoni le génial constructeur de machines et directeur du *Petit Journal* « qui était cent fois millionnaire, et ses millions il les avait tous gagnés dans la Presse ou par la Presse. M. Jean Dupuy, directeur et principal propriétaire du *Petit Parisien*, peut entrevoir le moment où il énumérera par chiffres le total de sa fortune, qui se bornait à une modeste aisance lorsqu'il quitta son étude d'huissier pour devenir notre confrère. Comment aussi ne pas citer l'extraordinaire prospérité d'un journal de province, l'*Impartial de l'Est* de Nancy, dont les humbles apparences ne trahissent guère la grande opulence de son propriétaire, M. Hinzelin qui, de petit imprimeur provincial, est devenu un gros, très gros millionnaire. »

N'allez pas croire que ce sont là des privilégiés, car nombreux sont à Paris et en province ceux que le journalisme a enrichis et, plus nombreux encore ceux qui lui doivent une honnête aisance. Si tous ne font pas fortune, c'est qu'ils ne possèdent qu'imparfaitement les qualités d'administrateur des maîtres que nous venons de nommer. Pour diriger un journal dans la voie du succès, il ne suffit pas d'être un bon écrivain, il faut être surtout un administrateur hors ligne.

CHAPITRE IV

Ce que coûte un « quotidien ».

Vous n'avez probablement jamais eu l'idée du prix de revient d'un journal durant une année. Jetez donc un coup d'œil sur ce tableau qui a été calculé pour un organe tirant chaque jour à 500.000 exemplaires :

Rédaction et information	450.000 francs.
Composition	125.000 —
Clichage	65.000 —
Papier.	1.100.000 —
Tirage	120.000 —
Moteur et divers . .	50.000 —
Total. . .	1.910.000 francs.

Pour un journal de moindre importance, les dépenses représentent encore un joli chiffre. A preuve l'extrait suivant du rapport présenté à l'assemblée générale des actionnaires de

2

l'Action, le 10 février 1904, par son directeur
actuel, M. Henry Bérenger, lors de son diffé-
rend avec son co-directeur d'alors, M. Victor
Charbonnel :

« Un journal quotidien du genre de *l'Action* dépense en moyenne quinze cents francs
par jour, c'est-à-dire plus de 500.000 francs.

Ce chiffre d'un demi-million de dépenses
se répartit ainsi :

	Par jour.	Par mois.	Par an.
Imprimerie	400	12.000	134.000
Papier	470	14.000	170.000
Rédaction	500	15.000	180.000
Administration	150	4.500	54.000
Frais généraux	40	1.200	15.000
Totaux	1.560	46.700	553.000

Ces chiffres moyens ne peuvent varier
pour un journal quotidien tirant entre 50.000
et 80.000 exemplaires. »

Vous voyez qu'il faut un joli capital pour
créer un journal à un sou !

Ce que coûte un magazine illustré.

Voulez-vous que nous examinions maintenant le prix de revient de nos périodiques illus-
trés, genre magazine ou grande revue. La plu-

part de ces publications, malgré le vif intérêt de leurs articles, leurs illustrations fines et abondantes, ne coûtent que le prix extraordinaire de 0 fr. 50 le numéro. Aussi leur tirage atteint-il des centaines de mille d'exemplaires.

Les frais d'établissement d'un numéro, c'est-à-dire ce qu'il faut dépenser avant d'en avoir imprimé un seul exemplaire, s'élèvent à environ 25.000 francs. Pour les douze numéros : 300.000 francs. La fabrication et le papier atteignent 0 fr. 30 par exemplaire, soit pour un tirage de 100.000 exemplaires, 30.000 francs par numéro et pour l'année 360.000 francs. Le total de la dépense annuelle est donc de 660.000 francs.

Alors, m'objecterez-vous, les éditeurs de ces publications sont loin de couvrir leurs frais, surtout si nous déduisons encore du prix de vente au public, c'est-à-dire 50 centimes, les frais de port et les remises aux intermédiaires. En effet, l'éditeur ne retire guère que 30 centimes net par numéro, soit pour les 100.000 exemplaires de douze numéros mensuels, 360.000 fr. Plus simplement, il en retire exactement ce que lui a coûté la fabrication, et les 300.000 fr. des frais d'établissement lui restent pour compte.

Mais, rassurez-vous ! En moyenne, chaque numéro contient de quarante à cinquante pages d'annonces qui rapportent chacune de

1.200 à 1.500 francs. C'est donc 600.000 francs
pour l'année, et s'il faut en déduire la perte
ci-dessus de 300.000 francs, il reste encore
environ 300.000 francs pour constituer un bénéfice annuel dont plus d'un commerçant saurait se contenter.

Il serait intéressant d'étudier à travers
ces prodigieuses transformations le rôle joué
par la Presse dans nos mœurs actuelles, mais
cela dépasserait le cadre de cette brochure.
Ajoutons simplement que s'il s'est transformé,
le journal n'a guère changé et que la feuille la
plus moderne pourrait encore transcrire, en tête
de ses colonnes, les petits vers alléchants imprimés par un gazetier contemporain d'Henri IV,
en 1609, sur une petite gazette de l'époque :

> La Gazette en ces vers
> Contente les cervelles
> Car de tout l'Univers
> Elle reçoit nouvelles.
>
> . . . .
>
> La Gazette a mille couriers
> Qui logent partout sans fourriers ;
> Il faut que chacun lui réponde,
> Selon sa course vagabonde.
> De çà et là diversement ;
> De l'Orient en Occident

Et de toutes parts de la sphère,
Sans laisser une seule affaire.

. . . .

Quoi que ce soit rien ne s'oublie,
Car la Gazette multiplie
Sans relasche les postillons
Plus viste que les aquilons.

DEUXIÈME PARTIE

Mécanisme d'un journal périodique moderne

CHAPITRE PREMIER

RESSOURCES NÉCESSAIRES POUR CRÉER UN MODESTE JOURNAL

Difficulté d'entrer dans un journal
Faites-vous Directeur !

Nous avons montré ce qu'a été la Presse autrefois et ce qu'elle est aujourd'hui. Par suite du prodigieux essor qu'ont pris les journaux, vous pourriez croire qu'il est facile de collaborer à l'un d'eux. Détrompez-vous. Bien rares sont les journalistes qui sont « arrivés » avec la seule force de leur talent. Si vous en doutez, lisez et relisez les quelques lignes qui suivent.

Elles sont extraites d'un article paru dans la *Revue* sous la signature d'un écrivain qui s'y connaît, Paul Pottier :

« Les directeurs, écrit-il, prétendent généralement que les journaux sont ouverts à tout le monde ; ils oublient de préciser, il conviendrait de dire : à tous ceux qui ont de l'argent. En effet, comment s'opère le recrutement des rédacteurs? *Au hasard des relations*. Donc pour être admis dans un journal, il faut avoir eu assez de temps et d'argent pour se les créer. »

Quand même posséderiez-vous les qualités les plus remarquables, si vous n'êtes muni d'aucune recommandation, n'espérez jamais être attaché à la rédaction du plus petit journal. Tous les directeurs vous éconduiront, les uns après les autres, la plupart dès que vous aurez formulé votre désir de faire partie du personnel de leur organe, sans vouloir en entendre davantage.

Il est plus simple, si vous avez quelques bonnes idées et si vous êtes un homme d'action, d'imiter les E. de Girardin et les H. de Villemessant, c'est-à-dire de fonder un journal dont le format, le nombre de pages, la périodicité dépendront de vos ressources. Comme vous en serez à la fois le rédacteur, l'administrateur et le directeur, il vous sera loisible d'y exposer avec la plus absolue indépendance vos idées et vos vues, pour les donner en pâture à la multitude.

L'apprentissage que vous ferez ainsi vous sera plus profitable qu'un stage dans une école de journalisme, fût-elle même américaine, mais à une condition cependant : c'est que vous ayez le tempérament du métier.

Pour vous permettre de mener à bien votre création, nous allons examiner ensemble le mécanisme d'un journal périodique moderne.

Pour connaître les dépenses pendant une année

S'il est nécessaire de disposer de capitaux importants pour fonder un journal quotidien à gros tirage ou un magazine moderne, quelques centaines de francs peuvent suffire pour lancer un périodique modeste.

Après avoir choisi parmi celles existant déjà, la publication qui se rapproche le plus comme format, caractères d'imprimerie, papier et nombre de pages, de celle que vous désirez créer, vous vous rendez chez deux ou trois imprimeurs. Vous leur demandez le prix de mille exemplaires d'un journal semblable au modèle que vous leur apportez et le prix du mille supplémentaire, avec un minimum de tirage de trois, cinq ou dix mille exemplaires. En possession des prix et du mode de paiement qui vous ont été fournis par chacun, vous arrêtez tóut naturellement votre choix sur celui dont les conditions vous semblent les plus avantageuses.

Vous multipliez alors le prix de l'impression d'une unité par le nombre de numéros que vous voulez faire paraître dans l'année, d'après le mode de périodicité dont vous avez préalablement convenu. Vous majorez ce chiffre de 33 0/0 pour frais généraux et vous avez ainsi, la moyenne des dépenses de votre publication pendant une année.

Autant que possible il vous faudra disposer de la totalité de cette somme avant l'apparition du premier numéro; afin d'être en mesure de suivre l'actualité et de faire face aux événements divers qui surgissent toujours inopinément dans un journal, si petit soit-il.

Soyez persuadé que si tant de journaux et publications diverses vivent mal ou meurent après une courte apparition, c'est que les capitaux indispensables leur manquent pour établir le contact avec le public, contact souvent difficile à obtenir avec quelques numéros.

Cependant si l'organe que vous créez répond à un besoin de la population; si, sans posséder

les capitaux nécessaires pour assurer sa vita-
lité durant une année, vous avez des raisons
sérieuses pour croire à son succès, choisissez
le moment opportun et lancez sans hésiter votre
publication. Peut-être que vos qualités d'administrateur suppléeront momentanément au
capital de réserve, mais soyez prudent et tra-
vaillez à en créer un le plus tôt possible.

CHAPITRE II

Les trois services d'une publication

Une publication quelconque comprend trois services : rédaction, administration et publicité. Certains directeurs englobent la publicité dans l'administration. Ils se débarrassent presque entièrement de ce service en le confiant à des agences spéciales, qui prélèvent des commissions de 33 °/₀ et quelquefois plus, sur les annonces qu'elles leur procurent.

Comme dans le genre qui nous occupe, dans la « petite presse », vous ne pouvez espérer obtenir de ces agences qu'une quantité bien minime d'annonces, nous établirons pour notre périodique les trois services : rédaction, administration, publicité.

La Rédaction

Le directeur d'un périodique en est à la fois le rédacteur en chef et le secrétaire de la rédaction. Il cumule les fonctions de : rédacteur d'article à thèse, rédacteur politique, chroniqueur, courriériste, critique littéraire, dramatique, musical, quelquefois celles d'informateur. Il déploie dans toutes son savoir, son intelligence, sa verve, qu'il abrite suivant les besoins, derrière quelques pseudonymes.

Souvent il arrive qu'un des collaborateurs auquel le directeur a accordé « l'hospitalité de ses colonnes », s'intéresse plus particulièrement au journal. Pour le récompenser il lui donne le titre de secrétaire et l'attache un peu plus à son œuvre. Petit à petit des talents se révèlent et au bout de quelques mois le périodique a un personnel complet de rédaction, personnel que lui envierait souvent plus d'un petit quotidien.

Cette marche en avant ayant lieu normalement, par la force des choses, le directeur oriente son organe du côté où il sent venir le succès. Il n'est donc pas de règle proprement dite pouvant l'aider dans son service de rédaction. L'idée qui a présidé à la fondation du

3

journal, les goûts de la clientèle à laquelle il s'adresse, le bon sens du directeur sont les seuls facteurs à envisager pour la marche à suivre dans la rédaction d'un modeste périodique. Aussi ne voyons-nous nullement la nécessité d'entrer dans des considérations qui ne pourraient que créer des hésitations et gêner l'initiative de chacun. La rédaction étant réduite ici à sa plus simple expression en temps que personnel actif, il est inutile que nous entrions dans le détail des fonctions qu'assument les divers collaborateurs d'un grand quotidien et que l'on désigne sous les noms de : rédacteur en chef, secrétaire de la rédaction, informateurs politiques, courriéristes parlementaires, chef du service des informations, rédacteurs de grand reportage, faits-diversiers, reporters sportifs, commerciaux, orphéoniques, critiques, soiristes, etc., etc.

D'ailleurs au cours du prochain chapitre, sur l'administration, nous serons amené à quelques diversions concernant les feuilletons, concours et certaines rubriques qui, quoique semblant relever du service de la rédaction, intéressent plus particulièrement celui, très important, de l'administration.

Notons cependant qu'il vous sera toujours facile de rehausser l'intérêt de votre publication par l'insertion d'articles d'écrivains con-

nus et aimés du public, un simple abonnement à la Société des Gens de Lettres vous
permettant la reproduction des œuvres de ses
membres et adhérents.

Les conditions de reproduction et la formule
du traité que vous auriez alors à passer avec
cette Société, vous seront envoyées sur demande, adressée au délégué du Comité de la
Société des Gens de Lettres, 10, cité Rouge-
mont, à Paris.

CHAPITRE III

COMMENT S'ADMINISTRE UN JOURNAL

Le titre

Quand vous avez eu pris la décision de fonder un journal ou une revue, vous avez pensé à baptiser votre nouveau-né.

Le titre retenu doit naturellement ne pas exister déjà dans votre localité, ne pas donner lieu à confusion et répondre au genre de votre publication.

Un titre clair, court, sonore, facile à retenir est toujours préférable à un titre long et prétentieux. Du choix du titre peut dépendre en grande partie le succès de votre périodique.

Soyez donc un avisé parrain.

Le gérant

Une fois votre titre bien arrêté, vous vous en assurez la propriété en vous conformant aux articles 6, 7, 8, 9, 10 et 11 de la loi du 29 juillet 1881.

Alors qu'autrefois, l'éditeur ou directeur du journal était soumis à toutes sortes de tracasseries dont un cautionnement souvent élevé n'était pas la moindre, avec la loi de 1881, plus connue sous le nom de « loi sur la Presse », une seule condition est requise. Elle est formulée par l'article 6 ainsi conçu :

Tout journal ou écrit périodique aura un gérant.

Le gérant devra être Français, majeur, avoir la jouissance de ses droits civils et n'être privé de ses droits civiques par aucune condamnation judiciaire.

Pourvu qu'il sache signer son nom, aucune autre garantie pécuniaire ou morale ne peut être exigée du gérant. Une femme peut être gérante. Libre à vous, si vous ne voulez pas assumer la responsabilité légale de la gérance, de la confier à un tiers.

Déclaration au parquet

Dûment muni du titre, du gérant et d'un imprimeur, vous vous procurez une feuille de papier timbré à 60 centimes et vous y inscrivez :

1° Le titre de votre journal ;

2° Son mode de publication (hebdomadaire ou bihebdomadaire ou mensuel) ;

3° Le nom et la demeure du gérant (ses nom, prénoms, la date et le lieu de sa naissance, son domicile) ;

4° L'indication de l'imprimerie où le journal doit être imprimé ;

Vous adressez ensuite cette déclaration *signée du gérant*, au parquet du Procureur de la République, *avant* la publication de votre journal. Il vous en sera donné récépissé. Elle constitue comme l'établissement même de l'état civil de votre publication.

Si vous changez le titre ou le sous-titre du journal, sa périodicité, si le gérant est remplacé ou s'il choisit un nouveau domicile, si vous vous imprimez chez un autre imprimeur, en un mot si un changement survient dans l'un des quatre paragraphes de votre première déclaration, vous devrez faire parvenir au parquet du procureur de la République dans les cinq jours qui suivront, une nouvelle déclaration (toujours sur papier timbré) lui faisant connaître cette mutation.

La publication de votre journal pourra suivre immédiatement l'acte de déclaration.

En cas de contravention à ces dispositions, le propriétaire, le gérant, ou à défaut l'impri-

meur sont passibles d'une amende de 50 à
500 francs, et le journal ne peut continuer sa
publication qu'après avoir rempli les formalités prescrites par la loi, à peine, si la publication irrégulière continue, d'une amende de cent
francs, prononcée solidairement contre les mêmes personnes, pour chaque numéro publié à
partir du jour de la prononciation du jugement
de condamnation, si ce jugement est contradictoire, et du troisième jour qui suit sa notification, s'il a été rendu par défaut ; et ce, nonobstant opposition ou appel, si l'exécution
provisoire est ordonnée.

MODÈLE DE DÉCLARATION

Voici un modèle de déclaration de gérance :

Je soussigné ....
né le .... *à* ....
publiciste demeurant ....
déclare avoir l'intention de publier comme gérant
un journal ayant pour titre ....
lequel paraîtra .... *et sera imprimé*
chez M. ....

Fait à .... *le* ....

(Signature du gérant)

Dépôts d'exemplaires

L'article 10 de la loi du 29 juillet 1881 exige en outre qu'au moment de la publication du journal il soit remis au parquet du Procureur de la République ou à la mairie, dans les villes où il n'y a pas de tribunal de première instance, deux exemplaires portant la *signature autographe du gérant.*

Pareil dépôt doit être fait au ministère de l'Intérieur pour Paris et le département de la Seine ; et pour les autres départements, à la préfecture, à la sous-préfecture, ou à la mairie dans les villes qui ne sont ni chefs-lieux de département, ni chefs-lieux d'arrondissement.

Chacun de ces dépôts doit être effectué sous peine de 50 francs d'amende contre le gérant.

De plus le nom du gérant devra être imprimé au bas de tous les exemplaires, à peine contre l'imprimeur de 16 à 100 francs d'amende par chaque numéro où il aura été omis.

Le dépôt des quatre exemplaires signés du gérant doit être effectué dans la ville même où se trouve l'imprimerie du journal et avant la vente au numéro et le service des abonnés. Toute différence dans les éditions successives d'un journal entraîne l'obligation de nouveaux dépôts.

La déclaration et le dépôt du journal dans les formes prescrites par la loi, suffisent pour vous assurer la propriété exclusive du titre et, à vos collaborateurs, celle des articles signés ou non qui sont insérés dans le journal.

L'imprimeur est tenu, à son tour, de faire un dépôt de deux exemplaires, destinés aux collections nationales.

Comptabilité. — *Le répertoire des abonnés*

La comptabilité d'un périodique est peu compliquée. Elle se limite à trois livres techniques : le *répertoire des abonnés*, celui des *dépositaires* pour la vente au numéro, et le *répertoire des annonceurs* ou *livre de la publicité*, plus trois carnets de reçus, correspondant respectivement à chacun de ces répertoires.

Ainsi que son nom l'indique, le *répertoire des abonnés* comprend la liste des abonnés par quartier, localité et département, avec en face des nom, prénoms, profession et adresse de chacun, la date où a commencé l'abonnement et la date où il finit. Une colonne portant la somme touchée, suivant que l'abonnement est d'un an, de six ou de trois mois, complète

3.

la disposition de ce premier livre facile à vérifier en consultant les souches du carnet de reçus d'abonnement. A ce répertoire peut être jointe la liste des services gratuits. La confection des bandes se fera, pour chaque numéro, sur ce répertoire toujours soigneusement mis à jour.

Le répertoire des dépositaires, pour la vente au numéro.

Le *répertoire des dépositaires,* pour la vente au numéro, comprend :

Dans la « première partie » :

Les noms et adresses des vendeurs ou crieurs sur la voie publique, la quantité d'exemplaires du numéro remise à chacun, la quantité rendue et la somme encaissée, déduction de la remise consentie. (A Paris, la vente aux camelots est presque toujours ferme, en province où l'on a ses vendeurs attitrés, il est d'usage de reprendre les invendus);

Dans la « deuxième partie » :

La liste des dépositaires (librairies, marchands de journaux, kiosques, bureaux de tabac) avec le nombre d'exemplaires déposés de chaque numéro. En reprenant les invendus aux époques fixées (chaque mois ordinairement), vous encaissez le produit de la vente, déduction faite de la remise consentie, et vous l'inscrivez dans une colonne *ad hoc*;

Dans la « troisième partie » :

La liste des gares qui vous ont été désignées par les messageries Hachette et Cie, après autorisation préalable, et le nombre d'exemplaires adressés à chacune conformément au bordereau fourni par cette maison, d'après les avis de ses bibliothécaires.

Le règlement de cette fourniture a lieu trimestriellement suivant des conditions, qui sont tout au long exposées dans des marchés spéciaux, que les messageries Hachette et Cie, service des Bibliothèques des chemins de fer, rue Réaumur, n° 113, à Paris, envoient à toute demande.

Le livre de la publicité

Le troisième livre technique est le répertoire des annonceurs ou *livre de la publicité*, où sont soigneusement enregistrés, les traités d'annonces passés avec les commerçants et industriels. Il est en quelque sorte la répétition des conditions énoncées dans les marchés et comprend : la grandeur de l'annonce, les dates des insertions, le prix convenu et les dates de paiement. Un numéro minuscule placé dans un coin de l'annonce sur le journal et répété sur votre « livre de publicité », vous facilitera toutes recherches et vous évitera des erreurs.

Ces trois répertoires, de même que les carnets de reçus y correspondant, ne sont donnés ici qu'à titre d'indication, dont le lecteur profitera comme il l'entendra. D'aucuns remplacent les carnets de reçus par des factures volantes, tout au moins en ce qui concerne la publicité; pour ma part, je trouve les carnets à souches plus pratiques à cause de leur facilité de vérification.

Les vendeurs sur la voie publique

Les vendeurs sur la voie publique, les crieurs si vous préférez, sont la meilleure des publicités, c'est la réclame vivante de la publication. Leur nombre doit être proportionnel à l'importance du journal. Ils s'en vont deux par deux clamant à tous les échos le titre, le prix, l'opinion, les noms des rédacteurs — et pas autre chose — dans les artères principales de la ville et forcent presque la main des acheteurs.

Assurez-vous s'ils sont munis du récépissé

de déclaration de colporteur ou de distributeur sur la voie publique, exigé par la loi de
1881, et s'ils ne l'ont pas, envoyez-les à la préfecture, sous-préfecture ou mairie suivant leur
résidence. Il leur sera délivré immédiatement
et gratuitement.

Une rémunération de 50 % du prix de
vente est ordinairement accordée aux crieurs,
quelquefois davantage. Si vous désirez vous les
attacher pour chaque numéro, vous ajouterez
au pourcentage sur la vente, un fixe variant de
1 à 5 francs par jour. Vous pouvez stimuler
leur zèle, en convenant d'augmenter le pourcentage, si le chiffre de numéros vendus atteint
ou dépasse un certain nombre d'exemplaires.

Les dépositaires

A Paris, la maison Hachette et Cie et plusieurs autres acquièrent, moyennant certaines
commissions, le monopole du service de la
vente de toute publication et sa distribution
dans les kiosques et chez les libraires et marchands de journaux.

En province quelques marchands de journaux (le plus souvent les dépositaires du *Petit Parisien* et du *Petit Journal* qui sont la
plupart du temps correspondants de la mai-

son Hachette ou d'autres commissionnaires en librairie) se chargent, eux aussi, de la distribution des journaux et publications chez les petits dépositaires, moyennant une remise de 1 à 2 centimes par exemplaire.

Je suis, pour ma part, peu partisan des intermédiaires ; aussi sauf pour les gares, puisque vous ne pouvez agir autrement, vous conseillerai-je d'assurer vous-même votre distribution en la faisant exécuter par un ou plusieurs de vos crieurs. De cette façon vous vous créerez un bénéfice qui, répété un certain nombre de fois, ne sera pas à dédaigner. La perte constante de ces centimes, auxquels on n'attache pas assez d'importance dans un journal, est trop souvent la cause du déficit en fin d'année.

La commission ordinaire allouée aux dépositaires est de 30 °/₀ pour les journaux à 5, 10, 15 et 20 centimes l'exemplaire, et de 20 °/₀ au-dessus. Vous les intéresserez à la marche ascendante de votre publication, si vous délivrez, chaque mois par exemple, une prime à ceux qui auront atteint le plus fort chiffre de vente.

Vous distribuerez à vos dépositaires des petites affiches d'intérieur de deux lignes, qu'ils apposeront sur les devantures de leurs magasins pour attirer l'attention du lecteur. Sur la première ligne vous inscrirez le titre de votre publication et sur la seconde la mention

EN VENTE ICI

Ces affiches sont exemptes du droit de timbre partout où le journal est mis en vente.

En même temps que vous récompenserez quelques-uns de ces collaborateurs, en reprenant les invendus vous vous enquerrez auprès des autres, de la cause de la diminution de la vente de tel ou tel numéro, et vous verrez à profiter des observations qui vous seront faites, — elles ne seront que la répétition de celles de vos lecteurs, — pour remédier aux défauts de votre publication. Là est le thermomètre de votre entreprise.

En fixant le prix de vente d'un exemplaire de votre publication, ne perdez pas de vue l'excessif bon marché des journaux modernes.

Malgré que, pour des publications du genre de celles qui nous occupent, les dépôts dans les gares ne rapportent rien ou à peu près, à cause des frais d'envoi qu'ils nécessitent et des commissions retenues par l'intermédiaire exclusif, ils sont toutefois utiles pour la publicité qu'ils procurent.

De l'abonnement

Les premiers abonnés de votre publication seront évidemment vos amis et connaissances, les autorités, les parlementaires, les hauts fonctionnaires ; quelques richissimes propriétaires ou rentiers viendront ensuite, puis les principaux cafés, restaurants, hôtels, salons de coiffure. Au début vous pourrez faire un service gratuit de plusieurs numéros aux personnes que vous croirez susceptibles de prendre un abonnement. Une visite que vous leur ferez ensuite ou que vous ferez faire par un de vos collaborateurs, les décidera bien probablement à souscrire. Vous pourrez joindre à vos envois un bulletin d'abonnement dont vous trouverez plus loin le modèle.

Evitez surtout ce qu'on est convenu d'appeler « l'abonnement forcé », qui consiste à faire le service d'un ou de deux numéros d'un journal et après un laconique avertissement dissimulé dans un coin du troisième, à présenter une quittance du montant de l'abonnement. Quelques personnes paieront « pour rendre service », mais la plupart refuseront furieusement et deviendront des ennemies pour votre publication. Dans tous les cas, le discrédit que jette pareil procédé sur un journal, est loin de compenser les quelques louis qu'il lui a procurés.

Les abonnés sont quelquefois longs à venir, mais vous pourrez les amener plus vite en leur accordant certaines faveurs dont seront privés les acheteurs au numéro. Une entente avec un ou plusieurs commerçants vous permettra de donner en primes certains menus objets, ou de faire bénéficier vos abonnés d'une réduction de 30 à 50 % sur des fournitures usuelles. Vous paierez la différence aux commerçants qui auront accepté cette combinaison, en leur délivrant un bon de publicité dans votre journal, pour une somme égale à la perte qu'ils consentiront sur les divers objets choisis.

Le prix de l'abonnement doit toujours être inférieur au prix total des numéros à paraître dans une année. C'est un premier avantage pour les abonnés. La suppression des intermédiaires vous oblige à une sensible différence, sans cependant que vous oubliiez les frais de port. Les recouvrements par la poste étant assez onéreux, priez vos abonnés de vous adresser le montant de leur abonnement par mandat-poste.

Établissez vos bandes d'abonnés avec la plus grande attention. Ayez toujours un jeu prêt d'avance, comprenant tous les noms inscrits sur le répertoire des abonnés et des services gratuits d'usage aux confrères, et à certaines administrations en échange de petites faveurs.

Comme vous avez tout le temps, dans un petit périodique, de confectionner vos bandes d'un numéro pour l'autre, il est inutile de les faire imprimer.

MODÈLE DE BULLETIN D'ABONNEMENT

(Titre, sous-titre et adresse du journal)

BULLETIN D'ABONNEMENT

Je soussigné _____
demeurant à _____
déclare souscrire un abonnement d'un an à (titre du journal) *et je joins à ce bulletin la somme de* (prix de l'abonnement), *montant de cet abonnement qui devra partir du* _____

A _____ *le* _____

Signature :

Retourner ce bulletin lisiblement écrit, rempli et signé, ainsi que le montant en mandat-poste, à M. le Directeur de (titre du journal et adresse).

Tarif d'affranchissement des journaux

Dans la ville où se public votre journal, vous servirez vos abonnés par l'intermédiaire de vos porteurs ou par la poste, suivant que l'un ou l'autre de ces procédés vous semblera le plus économique.

Un arrêté en date du 25 juillet 1907 a modifié de telle façon les conditions de l'affranchissement en numéraire des journaux, que pour une publication dont les abonnés ne se comptent malheureusement pas par milliers, vous aurez plus vivement fait en collant vous-même les timbres nécessaires, sur la bande des exemplaires que vous enverrez par la poste.

Pour les journaux circulant dans le *département où ils sont publiés* et dans les *départements limitrophes*, la taxe est fixée à :

0 fr. 01   jusqu'à 50 grammes
0 fr. 01 1/2   —   75   —
0 fr. 02   —   100 grammes   et

ainsi de suite en ajoutant un demi-centime par 25 grammes.

Elle est *doublée* pour tous les autres départements.

Les journaux expédiés en paquets sont reçus à la poste jusqu'à 3 kilogrammes, et le port est perçu par exemplaire. Le demi-centime entraîne le paiement du centime entier.

Matériel administratif

Au matériel administratif dont nous avons déjà parlé, vous joindrez, bien entendu, du papier à lettre à en-tête de votre journal, des enveloppes, des factures si besoin, des carnets de reçus, des carnets à souches pour les dépositaires (les feuilles détachées et les souches de ces carnets portant les unes et les autres le nombre d'exemplaires déposés, évitent toute contestation au moment du règlement), et un cachet de caoutchouc d'un emploi constant. En plus du titre du journal et de l'adresse de vos bureaux, faites graver votre nom sous la mention « le directeur ». Ce cachet étant ainsi confectionné, sa simple apposition sur un mandat-poste adressé au journal avec une suscription impersonnelle comme celle-ci par exemple : M. le Directeur de... ou encore M. le Rédacteur de... vous permettra d'être payé ; sinon vous aurez maintes difficultés avec l'administration des Postes.

Correspondants

Au fur et à mesure des occasions, vous crée-rez des correspondants. Le cercle de vos lecteurs allant ainsi grandissant, le tirage du journal augmentera, et peu à peu, aussi sa périodicité, son format ou son nombre de pages. Ce sera alors le digne couronnement de vos efforts.

Pour arriver à ce résultat, sachez choisir vos correspondants. Ne vous entourez que de per-sonnes sûres qui n'aient pas seulement en vue la « carte de correspondant » que vous leur délivrerez pour faciliter leur mission, mais qui soient animées de la ferme intention de dif-fuser votre publication dans leurs relations. Vous vous en assurerez en mettant leur dévoue-ment à l'épreuve avant de leur octroyer la fameuse carte, objet principal de leur ambi-tion.

MODELE DE CARTE DE CORRESPONDANT

Carton de couleur (très souvent vert) assez fort, rectangulaire, d'un format de 6 1/2 × 9 cm. environ, portant imprimé au recto :

PRESSE

(Titre, sous-titre et adresse du journal)

Carte de Rédacteur et Correspondant

délivrée à M. _____

demeurant à _____

Le Titulaire,   *Cachet du journal*   Le Directeur,

Le titulaire peut coller sa photographie au verso. Il fait légaliser sa signature s'il le juge à propos.

Lancement du journal
Romans-feuilletons, concours, illustrations

Du lancement d'un journal dépend en grande partie son succès. Réservez donc une partie de votre budget d'établissement, pour la confection d'affiches que vous ferez apposer sur les murs, deux ou trois jours avant l'apparition du vôtre.

Quelques milliers de circulaires adressées aux personnes que vous supposez pouvoir s'intéresser d'une manière quelconque à votre entreprise (abonnement, publicité) ou distribuées dans les cafés, salons de coiffure et autres établissements publics, exciteront la curiosité et feront vendre le premier numéro.

Après une visite, les confrères quotidiens du département (ceci pour la province seulement) ne demanderont pas mieux que d'annoncer l'apparition du nouveau-né dans les termes les plus flatteurs pour vous et pour votre publication, à condition toutefois qu'ils n'y voient pas une question de concurrence.

Quelques bons crieurs feront le reste à la naissance, surtout si l'heureux avènement a lieu un jour de fête ou de réjouissances populaires.

Un feuilleton passionnant éveillera la curiosité de vos premiers lecteurs et vous les attachera par la suite.

Des concours originaux mais simples, dotés de prix, tels que fauteuils à quelque théâtre, abonnements d'un an et six mois à votre journal, etc., amuseront toujours petits et grands. Ne négligez pas non plus d'intéresser la femme

par une chronique de mode, des recettes ména-
gères, culinaires ou d'hygiène, suivant le genre
de votre publication.

Quelques clichés : photographies, caricatu-
res, égayeront le texte compact du journal. Ils
sont d'ailleurs si à la mode et si bon marché,
que l'on voit mal aujourd'hui un périodique
sans illustration.

Là s'arrêtera cette partie de notre travail.
Regardez autour de vous, observez, écoutez, et
votre intelligente initiative suppléera aux indications que nous venons brièvement d'esquisser.

CHAPITRE IV

Composition typographique

On nomme en typographie *justification*, la longueur d'une ligne, d'une marge à l'autre.

On compte par *points* la grandeur des caractères employés pour la composition des lignes.

Voici à titre de spécimen, quelques types des caractères employés dans la composition des différents journaux.

Pour être utile à celui qui la fait et commander la confiance de celui à qui

(Romain, caractère de 10 points)

elle s'adresse, l'annonce doit être : concise, simple, franche, ne porter jamais aucun

(caractère de 9 points

4

masque, marcher toujours droit à son but la
tête haute. Partout où la publicité des annonces

(caractère de 8 points)

est bien entendue, elle a soin de se dégager de tout
charlatanisme ; elle est l'enseigne d'un magasin mis

(caractère de 7 points)

sous les yeux du public par la voie des journaux, ou bien
encore la carte d'un négociant. La publicité ainsi comprise

(caractère de 6 points)

se réduit à dire : Dans telle rue, à tel nu-
méro, on vend telle chose, à tel prix.

(italique corps 8)

Tout commentaire, s'il n'est pas nuisible, est au
moins superflu ; tout éloge au lieu d'appeler la confiance, provoque l'incrédulité.

(elzévir corps 8)

LA PUBLICITÉ AU XIXe SIÈCLE

(petites capitales corps 8)

LA PRESSE SOUS LA RÉVOLUTION

(grandes capitales corps 8)

L'annonce en France

(egyptiennes corps 8)

Le Monde politique

(antiques nouvelles corps 9)

Annonces industrielles

(antiques simples corps 9)

Quand vous avez traité avec un imprimeur pour l'exécution typographique de votre journal, vous avez convenu d'un ou de plusieurs genres de caractères. Priez-le de vous réunir ces différents caractères sur une même feuille avec, en face de chacun d'eux, leur dénomination et le numéro du corps. Il vous suffira ensuite de consulter cette feuille, pour indiquer exactement sur votre manuscrit, en quels caractères vous voulez le voir composer.

Comme il n'entrera dans votre journal qu'un nombre toujours fixe de lignes, apprenez à connaître à l'avance combien vos divers manuscrits comprendront de lignes *typographiques*. En notant ces chiffres au fur et à mesure de l'envoi de la « copie » à l'imprimerie, il vous sera d'abord plus facile d'établir la « mise en page » de votre publication et ensuite vous éviterez un surcroît de composition, qui forcément resterait pour le numéro suivant. C'est ce qu'on appelle « le marbre ».

Pour les articles destinés à l'impression, il est recommandé de n'écrire que *d'un seul côté* de la feuille.

Correction des épreuves

Quand un article est composé, il en est tiré immédiatement une première « épreuve » pour le correcteur qui la lit et zèbre ses marges de signes cabalistiques. Puis le « typo » reprend sa composition, exécute les corrections et tire une nouvelle épreuve qui, cette fois, vous sera envoyée.

Pour qu'il vous soit possible de corriger ou modifier les épreuves ainsi remises et que vous devez revoir en totalité avant de donner le bon à tirer, nous avons reproduit ci-après un spécimen, avec explication, des *signes de correction* les plus usités en imprimerie pour la correction des épreuves, et qui vous seront suffisants pour indiquer *typographiquement* les modifications que vous voudrez faire opérer dans vos articles.

Notons en passant que les épreuves d'imprimerie, adressées par la poste, bénéficient du tarif des papiers d'affaires, à condition qu'elles ne contiennent pas autre chose que l'indication des corrections et les mots : *bon à tirer — bon à tirer après correction — fournir une nouvelle épreuve — exact et rien à modifier.* — La mention *prière d'insérer* manuscrite ou imprimée constitue une correspondance personnelle.

MODÈLE DE CORRECTION

Observations générales

Pour indiquer une lettre ou un *signe quelconque* fautifs dans un mot il suffit de *barrer*, sur le texte imprimé, ladite lettre ou ledit signe, et de répéter en marge la lettre ou le signe *tels qu'ils doivent être imprimés*; mais en observant que chaque lettre, accentuée ou non, forme un tout, et que par exemple, pour changer un *é* aigu en *e* muet, il ne faut pas barrer l'accent seul, mais la lettre entière.

Si plusieurs lettres voisines dans un mot, ou un mot entier sont fautifs, les barrer d'un trait *commun*, et les répéter en marge sans les désunir.

On indique les corrections à la marge, *bien en face de la ligne où se trouvent les fautes*. La première correction se marque près de l'impression, la seconde en suivant, et ainsi de suite, du bord de l'impression à l'extrémité de la marge.

Avoir soin de ne pas REFAIRE *sur l'impression* les lettres ou signes fautifs, mais les *barrer* simplement en répétant à la marge la lettre ou le signe *exact*, accompagné de la barre.

4.

Tableau des principaux signes de correction.

L'INVENTION de l'Imprimerie n'est pas aussi *Lettres ou mots à changer.*

moderne qu'on le dit communément. A la

Chine, l'*impression tabellaire* est en usage *Lettres gâtées à changer.*

depuis plus de 1600 ans les Grecs et les

Romains connaissaient les *sigles*, ou types *A mettre en italique.*

mobiles; et les *livres d'images*, qui parurent

au commencement du 15e siècle, servirent de *Supérieure à rehausser.*

modèle aux essais tentés par Gutenberg, à *Lettres ou mots à ajouter.*

Mayence, 1450, sur des planches bois

fixes. Ces planches étant sujettes à se déjetter *Lettres ou mots à supprimer.*

cet homme industrieux, aidé de de Fust, qu'il

s'associa à cet effet, imagina de les clicher en *Lettres ou mots à retourner.*

métal; il fallait autant de planches qu'il

y avait de pages à imprimer; ce moyen lent *Lettres ou mots à transposer.*

et pénible, joint de corriger, à l'impossibilité

leur suggéra l'idée de sculpter les lettres de *Lignes à transposer.*

corps et de hauteur, capable de les maintenir

encore à vaincre une grande difficulté, celle

de donner à ces tiges une parfaite égalité de *Addition à rembrasser.*

l'alphabet sur des tiges mobiles. Il leur restait

Lignes à remanier.	sous les efforts de la presse; ils ne purent y	
	parvenir que par des moyens irréguliers, lors-	///
Blanc à ôter.	que Schœffer trouva celui de les fondre dans	
Blanc à diminuer.	(des moules, ou *matrices* ; et, par cette ingéni-)	(—)/
Pour espacer.	euse découverte, donna/enfin la vie/à l'art ty-	#/ #/
A rapprocher.	po gr a phiq ue .	⌒/⌒/
		voy. copie.
Alinéa.	Abandonné aux ébauches tabellaires de	⌐/
Corrections d'accents.	Guttenberg, l'art n'eût probablement pas été	é/ é/
	au-delà; et sous le rapport de la mobilité des	à/ à/
Blanc à supprimer.	types, connue bien des siècles avant lui,	⊖/
Espaces à baisser.	nous ne lui devons presque rien, car elle	x/ x/ x/
Ponctuation à changer.	ne lui permit de rien exécuter, l'existence de	·/ L/
Ligne à redresser.	la Typographi e date d § c véritablement	⇒
Lettres à nettoyer.	que de la connaissance de la *matrice-poinçon*,	⌇
Corrections d'apostrophe.	puisque c/est par elle seule qu/on multiplie	;/ ;/
Lettres basses.	mob/les et parfaitem/nt proportio/nés; or le	⊥/ ⊥/ ⊓/
Lettres hautes.	mérite de cette invention est entièrement dû	x/ x/
Gr et petites Capitales.	à p. Schœffer.	ℓ/ℓ/℔
Bourdon.	(à l'infini des types identiques, qu'on les rend.)	

NOTA. Nous empruntons ce formulaire au *Dictionnaire des arts et manufactures* de M. Laboulaye (art. *Imprimerie*).

Reproduction des dessins et photographies

Si vous désirez reproduire dans votre publication des dessins ou des photographies, il est préférable que vous preniez conseil auprès de votre imprimeur. Il vous dira le mode de reproduction à employer, c'est-à-dire la *photogravure* pour un dessin au trait, et la *similigravure* pour un dessin avec des demi-teintes, un lavis ou des photographies. Les dessins au trait (photogravure) peuvent être reproduits sur n'importe quel papier ; il n'en est pas de même de la similigravure qui n'est guère reproduite avec finesse que sur papier couché ou tout au moins bien satiné.

Les clichés en photogravure et similigravure sont exécutés par des spécialistes à des prix variant :

Pour la *photogravure :* de 0 fr. 025 à 0 fr. 05 le centimètre carré avec minimum de 2 fr. 50 ;

Pour la *similigravure :* sur *zinc*, de 0 fr. 10 à 0 fr. 15 le centimètre carré avec minimum de 10 francs ; et sur *cuivre* de 0 fr. 12 à 0 fr. 18 le centimètre carré avec minimum de 12 francs.

Pour un tirage moyen les clichés sur zinc sont très suffisants, mais pour un tirage important les clichés sur cuivre sont préférables.

L'original d'une illustration à reproduire doit être plus grand que le cliché qu'on en désire obtenir. La reproduction y gagne en finesse.

En déterminant les dimensions de vos clichés, tenez bien compte pour la *largeur*, de la *justification* des colonnes de votre journal. La mise en page sera facilitée d'autant.

CHAPITRE V

Nos journaux ont peu d'annonces
parce que leurs tarifs sont trop élevés

« Entre la gazette et le lecteur, le véritable intermédiaire est l'annonce, la perpétuelle et quotidienne annonce, source intarissable de renseignements pour celui-ci et de légitimes profits pour celle-là. Tout bon Anglais lit les annonces de son journal, comme il lira son Evangile. Il n'en est pas de même en France. Vous n'avez pas cet intermédiaire constant, qui est le lien des affaires, et qui rend possible à un journal comme le *Times* de s'offrir à l'occasion le luxe de quinze à vingt mille francs de dépêches, sur un événement d'importance qui se sera passé à l'étranger. »

Ainsi s'exprimait M. de Blowitz, correspondant du *Times*, dans sa réponse à l'enquête publiée il y a quelques années, par M. Frédéric Loliée dans la *Revue Bleue*, sur l'opinion que le public européen se fait de la Presse française.

Le verdict parfois un peu sévère des correspondants de M. Frédéric Loliée, tous journalistes étrangers des plus éminents, incite encore aujourd'hui les directeurs de journaux français à une profonde et pénible méditation. C'est que tous furent unanimes à reconnaître que ce ne sont ni les hommes, ni les talents qui manquent à notre Presse, mais la base solide qui ne peut être assurée que par la *Publicité*.

« Dans un grand journal allemand, écrit M. Téodor Wolff du *Berliner Tageblatt*, la partie de la publicité se trouve nettement séparée du reste ; on en retient les lignes à volonté, mais on ne pourrait s'offrir un mot de réclame à une autre place, ni dans le courrier des théâtres, ni dans les bulletins financiers, ni dans une autre partie de la gazette. Je viens de compter les pages d'annonces dans le numéro du *Berliner Tageblatt*, du 23 novembre (1902). Il y en a vingt-huit. A certaines dates de l'année, il y en a souvent quarante et davantage. Et ce sont ces trentaines et ces quarantaines de pages d'annonces, qui permettent d'envoyer des correspondants en tous lieux et de dépenser pour des dépêches, sans sourciller, des sommes qui feraient dresser les cheveux sur la tête d'un directeur de journal français.

« Vous avez eu le tort de laisser la publicité s'infiltrer dans le corps du journal. Vous avez gâté la clientèle qui, après avoir eu l'honneur de la première page, n'accepte pas aisément d'être reléguée à la dernière. Et vous avez créé une confusion qui ne nous semble pas heureuse. Comme ils n'ont pas le nerf des annonces, quelques-uns de vos journaux sont obligés — car tout le monde veut vivre — de jeter pour hameçon au public, des nouvelles à sensation et de se lancer dans toutes sortes d'aventures. »

Quoique ces appréciations soient peut-être légèrement outrées, il n'empêche que M. Téodor Wolff a mis là, le doigt sur une plaie qu'il est bien difficile de guérir, étant données les lourdes charges qui pèsent sur la Presse française, prix du papier, frais de poste, etc., dont sont affranchis, au moins dans une large mesure, les journaux allemands, anglais ou américains.

Il est cependant évident que nombre de directeurs de journaux se privent d'un revenu appréciable en négligeant trop la publicité. Quand quelques-uns consentent à y attacher de l'importance, ils éloignent les annonceurs par des tarifs si élevés que, dans la plupart des cas, ces derniers préfèrent avoir recours à un autre mode de réclame : affiche, catalogue ou prospectus.

Bien avant les de Blowitz et les Wolff, celui que tout journaliste moderne peut encore prendre comme modèle, l'homme d'une idée par jour, Emile de Girardin, avait remarqué « qu'en Angleterre le bénéfice auquel donne lieu la publication des journaux ne se calcule pas sur le prix de l'abonnement, mais sur le revenu des annonces payées. » Il s'en inspira pour fonder la *Presse* qui, nous l'avons déjà dit, fut un véritable coup de foudre dans le journalisme.

Le rapide et prodigieux développement que prit le journal, montre que le public y trouva son avantage. Le système anglais, adapté à la Presse française par Girardin en 1836, est en usage aujourd'hui dans la presse allemande, belge et suisse. Il donne chez nos voisins d'excellents résultats. C'est la démonstration « de toute la puissance du bas prix appliqué au grand nombre ».

Nos journaux modernes dédaignant ce principe aiment mieux faire payer 5, 10, 15, 20 francs et quelquefois plus, la ligne d'annonce et n'en avoir que quelques-unes, disséminées de la première à la quatrième, sixième ou huitième page. C'est un mauvais calcul, car dans ces conditions, seules les grandes maisons peuvent se faire annoncer et encore ne risquent-elles que de timides placards. Quant aux autres, elles s'abstiennent et ont recours pour leur réclame à un autre mode de publicité. Si, au lieu d'enrayer le mouvement créé par Girardin, nos journaux l'avaient développé, aujourd'hui les Français, tout comme les Anglais, achèteraient leurs journaux pour y lire les annonces en même temps que les nouvelles, et les commerçants payant moins cher leurs insertions et certains d'être lus, useraient plus régulièrement de ce genre de publicité.

Établissez un tarif bon marché

Pour établir le tarif de la publicité dans votre publication, inspirez-vous donc bien de ce principe : « le bon marché par le grand nombre ».

Si vous le destinez à la province, il vous sera d'autant plus facile de l'appliquer que déjà les journaux des départements le mettent en pratique, contre-balançant peu à peu l'influence des grands quotidiens de Paris qui commencent à compter avec eux. Le temps n'est peut-être pas très éloigné où la province ne lira plus que ses journaux à elle, chaque jour mieux informés, à cause justement du fort rendement des annonces locales.

Votre tarif devra suivre une base déterminée et s'en écarter le moins possible, afin de ne pas donner lieu à des contradictions d'un très mauvais effet sur le client.

Annonces judiciaires

La publicité se divise en annonces judiciaires, annonces commerciales ou industrielles, petites annonces et réclame proprement dite.

Les annonces judiciaires sont remises par les officiers ministériels : notaires, avoués, greffiers, agréés, commissaires priseurs, etc. Le prix *à la ligne* est déterminé d'après un tarif spécial fixé d'avance. Elles sont d'un bon rapport pour les journaux d'informations, même hebdomadaires, mais il ne faut guère compter sur leur rendement dans une revue ou un bulletin de société.

Annonces commerciales et industrielles

Les annonces commerciales et industrielles peuvent être mesurées à la ligne ou à la case (c'est-à-dire au centimètre carré). J'ai employé ce dernier procédé avec succès en divisant mes pages d'annonces (couvertures et pages hors texte pour un journal illustré, et quatrième, sixième ou huitième page pour une feuille d'informations) en un certain nombre de cadres, dont le bas prix les faisait rechercher par tous les commerçants, si bien qu'au bout de très peu de temps, il me fallut ajouter des pages supplémentaires d'annonces.

Quand on compte les annonces à la ligne, on est obligé, à cause de la variété des caractères, de se servir d'un *lignomètre* (1) pour mesurer exactement la hauteur et la largeur de la place que doit occuper l'annonce.

Quand l'annonce est grande ou qu'elle est répétée, une remise est consentie au client.

Cette remise dont le taux est proportionnel à la grandeur et au nombre d'insertions, sera calculée et transcrite sur un tableau très compréhensible, de façon à bien faire entrevoir à l'annonceur le bénéfice qu'il retirera en souscrivant immédiatement à un chiffre plus élevé d'insertions. Exigez toujours de votre client un ordre écrit comportant toutes les conditions de l'insertion, et sa signature. S'il ne

1. Règle portant une division correspondante à une force de corps des caractères employés dans la composition typographique.

vous a pas été possible de vous faire payer d'avance, dans bien des cas, au moment du règlement vous vous éviterez ainsi, sinon des ennuis, des observations plus ou moins justifiées.

Bien noter les dates des insertions sur le « livre de publicité » et le consulter avant de donner le bon à tirer de chaque numéro, afin d'éviter des omissions.

Petites annonces. — *Maisons recommandées*

Les petites annonces ont pris un développement si considérable, que certaines feuilles s'en sont presque fait une spécialité. C'est la démonstration du « bon marché par le grand nombre » de Girardin.

Créez un service de petites annonces, avec une différence de prix très sensible sur celui de la ligne des annonces commerciales. Ce sera un moyen commode pour vos lecteurs de communiquer entre eux, d'échanger : cartes postales, timbres, bibelots, de trouver un emploi ou des travaux, de louer un appartement, d'acheter ou vendre un immeuble ou autres objets, etc., etc.

Vous en retirerez toujours un profit, sinon par le produit brut de vos petites annonces,

du moins par la vente d'un plus grand nombre d'exemplaires de votre publication.

Sous la rubrique « Maisons recommandées », vous insérez dans une partie spéciale du
journal, à raison de deux lignes par annonce,
le nom, l'adresse et le genre de commerce des
annonceurs qui ne veulent pas avoir recours
aux placards de dernière page ou de couverture ; tels par exemple : les hôtels, cafés, les mé-
decins, dentistes, sages-femmes, etc. Ces insertions prises pour une année, moyennant une
somme peu élevée, augmentent sensiblement le
budget de publicité.

Réclame

La réclame est l'annonce déguisée qui se
glisse dans le texte même du journal. C'est
elle dont les représentants de la presse étrangère nous font un grief. Son avantage est cependant de se dissimuler au milieu des échos
et des faits divers. Qu'on le veuille ou non,
chacun est forcé de la lire. Elle paraît quelquefois sous forme d'articles de fonds qui permettent de s'étendre longuement. La publicité
devient tribune. Le suprême du genre est de
savoir les rendre aussi intéressants et attrayants
que des chroniques scientifiques ou littéraires.

Cette réclame mieux que dissimulée demeure cachée aux yeux des profanes. Elle se paie plus cher que l'annonce ordinaire. Si vous savez démontrer ses avantages au client, elle peut créer des ressources importantes à votre publication.

Annonces gratuites:
Théâtres, concerts, compagnies de chemins de fer, tramways, omnibus, etc.

Il est d'usage en province (et à Paris dans nombre de petits journaux) de publier gratuitement, en dehors des comptes rendus des représentations, les programmes des théâtres et concerts. Un ou plusieurs fauteuils durant la saison théâtrale sont la juste rémunération de cette publicité gracieuse.

Les compagnies de chemins de fer départementaux délivrent gratuitement des permis de première classe, en échange de la publication de leurs horaires et communiqués. Pour le même service, les compagnies d'omnibus et de tramways délivrent des cartes de circulation.

La ou les compagnies de chemins de fer dont relève votre ville, quelquefois les autres, vous accorderont un nombre limité de permis de première classe, après que vous leur aurez fait connaître l'existence de votre journal et habituellement après six mois ou un an de publication régulière.

Courtiers de publicité

A mesure que votre journal prend de l'extension, vous vous adjoignez des courtiers de publicité auxquels vous consentez des remises variant de 20 à 33 et 50 0/0, sur les affaires qu'ils vous apportent.

Ces commissions ne sont payables qu'après que vous avez encaissé le prix de l'annonce.

Quand vous recevrez un ordre d'insertion d'une maison inconnue ou d'une agence dont vous ignoriez l'existence, il ne sera peut-être pas inutile de vous renseigner avant d'exécuter l'ordre.

En cas de contestation de la part de vos annonceurs ou des courtiers de publicité, vous pourrez vous reporter au « Code de l'annonce » élaboré par la Chambre syndicale des Editeurs d'annuaires et de publications similaires, dont un exemplaire a été déposé à la présidence de tous les tribunaux de commerce. Vous le trouverez à la fin de ce chapitre.

Donnez de « l'œil » à vos annonces

Rédigez les annonces que commerçants et industriels vous auront confiées, de manière à appeler l'attention du public, et disposez-les avec ingéniosité dans votre journal. En un mot, donnez-leur de « l'œil ». Tout le monde y gagnera : le lecteur en ayant pris connaissance profitera d'un produit qu'il avait jusqu'ici ignoré ou d'une occasion exceptionnelle, et le commerçant y trouvant, dès lors, son bénéfice, continuera ses insertions.

Vous déciderez les timides, les hésitants en vantant de temps à autre dans vos colonnes les bienfaits de la publicité, « cette reine du monde », « cet indispensable auxiliaire du commerce », etc., etc., et en leur recommandant habilement votre journal.

Quelques exemples de commerçants et industriels américains enrichis par la réclame et sur lesquels les anecdotes les plus extraordinaires sont contées quotidiennement par la grande Presse, vous fourniront des échos qui, semblant placés dans votre journal à titre de curiosité, auront plus d'effet sur les annonceurs rebelles que les meilleurs arguments de vos agents de publicité.

Attachez toute l'importance qu'il faut à la publicité et développez-la continuellement. C'est là le grand moteur de votre entreprise.

MODELES DE MARCHE DE PUBLICITE

Modèle N° 1

(titre, sous-titre et adresse du journal)

BULLETIN D'ANNONCE

Je soussigné ....
demeurant à ....
prie M. le Directeur de (titre du journal) *d'insérer l'annonce ci-jointe contenant* .... *lignes (ou de (1)* .... *page) dans les annonces commerciales du journal à la* .... *page pendant une durée de* .... *à partir du prochain numéro.*

La somme totale à payer pour cette annonce est de fr. .... *que je m'engage à payer par (2)* .... *après justification et présentation des quittances signées du Directeur.*

A .... *le* ....

(Signature)

1. Suivant le mode de division employé pour les pages de publicité, indiquer le nombre de lignes ou la fraction de page : 1/2, 1/8, 1/16, etc.
2. Semaine, mois ou trimestre.

Modèle N° 2

Traité en double exemplaire : un pour le journal, un pour l'annonceur.

(titre, sous-titre et adresse du journal)

TRAITÉ D'ANNONCE-RÉCLAME

Entre ⸺⸺⸺ (titre du journal)

Et M. ⸺⸺⸺⸺⸺⸺

demeurant à ⸺⸺⸺⸺⸺

Il a été convenu ce qui suit :

M. ⸺⸺⸺⸺ *souscrit pour l'insertion de* ⸺⸺ *lignes (ou de (1)* ⸺⸺ *page) d'An-nonce-Réclame à la* ⸺⸺ *page du journal (titre du journal) au prix de* ⸺⸺⸺⸺

Cette annonce devra passer ⸺⸺ *fois à partir du* ⸺⸺⸺. *Elle est payable par* ⸺⸺ ⸺⸺⸺ *après justification et sur quittance signée du Directeur.*

Fait double à ⸺⸺⸺ *le* ⸺⸺⸺

Le Directeur,   Le Négociant,

1. Même observation que pour le modèle n° 1.

CODE DE L'ANNONCE

De l'annonce

ARTICLE PREMIER. — L'annonce est la reproduction, dans un journal ou une publication quelconque, périodique ou non, d'une mention concernant une personne ou une société, destinée à la faire connaître au public, à propager son nom et son adresse ou le genre de commerce, d'industrie ou d'affaire dont elle s'occupe.

ART. 2. — On distingue plusieurs sortes d'annonces :

§ 1er. — Dans les journaux et revues :

1° L'article ou fait divers ;

2° La réclame ;

3° L'annonce-affiche ou clichée ;

4° L'annonce dite anglaise.

Ces quatre genres de mentions sont mesurées à la ligne ou à son espace, sur la largeur d'une colonne du journal.

§ 2. — Dans les annuaires et publications quelconques de librairie :

1° L'insertion, qui est publiée dans les colonnes, sous une rubrique professionnelle, dans le corps même de l'annuaire ; elle est mesurée à la ligne ;

2° L'annonce hors texte, encartée ou non, placée par groupes de pages dans le volume ; elle est comptée à la page ou fraction de page.

ART. 3. — La propriété d'une réclame, fait divers ou article inséré appartient à celui au profit de qui la publication en a été faite.

Titre II

De l'engagement de publicité relatif à l'annonce

Art. 4. — L'engagement ou traité de publicité relatif aux annonces est l'acte par lequel un éditeur est prié d'insérer une ou plusieurs annonces dans une publication.

Art. 5. — L'engagement est fait par écrit ; il doit comporter :

1º La dimension de l'annonce ;

2º Le nombre d'insertions à publier ;

3º Le prix fixé pour chacune d'elles ou le prix total ;

4º La durée de la période pendant laquelle les insertions doivent être exécutées ;

5º Le mode de paiement.

L'éditeur se réserve toujours le droit d'accepter ou de refuser un ordre de publicité, ainsi que de modifier la rédaction du texte qui lui est soumis.

Art. 6. — L'engagement doit être signé par le souscripteur ; toutefois il est réputé valable s'il est signé d'une personne assistant habituellement le souscripteur dans l'exercice de sa profession.

Le souscripteur qui change de domicile au cours de la publication de l'annonce est tenu d'en informer l'éditeur ; il en est de même pour toute modification à apporter au texte inséré, pendant la période de son exécution.

Titre III

De l'exécution de l'annonce

Art. 7. — La composition de l'annonce en caractères typographiques est fournie par l'éditeur de la publication ; les clichés sont à la charge du client.

ART. 8. — L'éditeur n'est pas tenu de soumettre une épreuve de l'annonce souscrite, mais il doit se conformer, pour son exécution, au texte qui lui a été fourni.

ART. 9. — Si le texte de l'annonce est trop long pour être compris dans l'emplacement souscrit, l'éditeur doit en avertir le client ; sans réponse de ce dernier, il a le droit de réduire le texte de l'annonce.

ART. 10. — La justification de l'annonce dans un journal se fait par la présentation d'un numéro la contenant ; pour les annuaires et les publications de librairie, la coupure extraite d'un exemplaire suffit à justifier l'exécution de l'annonce.

L'omission d'une ou plusieurs insertions ne peut entraîner la résiliation de l'engagement ; elle donne droit seulement à sa réduction proportionnelle.

ART. 11. — Tous les détails relatifs à l'exécution de l'annonce doivent être inscrits sur l'engagement.

Toute convention non mentionnée sur l'engagement ne saurait être valable.

ART. 12. — Aucun ordre de publicité ne peut être contremandé par le souscripteur, après sa remise.

TITRE IV

Du courtier de publicité

ART. 13. — Le courtier est un intermédiaire qui sollicite des ordres de publicité.

ART. 14. — La rétribution allouée au courtier par l'éditeur, en rémunération de son concours, est une commission ; elle est déterminée par un tantième pour cent, fixé par l'éditeur, sur la somme souscrite par le client.

La commission n'est réellement due au courtier qu'après le paiement de ladite somme.

ART. 15. — La commission n'étant qu'une rémunération due au courtier pour l'ordre d'insertion qu'il a apporté à l'éditeur, le paiement de cette commission ne lui confère aucun privilège pour la suite dudit ordre, après son expiration.

CHAPITRE VI

Toute publication procure au moins un
renseignement jusque-là ignoré

Quelqu'un a dit que le journal était pour
l'Anglo-Saxon, l'aliment de son esprit, comme
le pain est celui de son corps. Il en est bien
un peu de même pour le Français de nos jours,
et si l'ouvrier des campagnes classe encore
parmi les moins nécessaires les dépenses de
librairie, comme celles ne donnant ni honneur,
ni profit, l'ouvrier des villes achète quotidiennement son journal et n'ignore que les revues
et publications dont le prix élevé gréverait par
trop son modeste budget.

En France, la Presse n'a pas encore atteint
le développement qu'elle a pris en Amérique
où l'on compte 25.000 journaux dont 2.500 quotidiens. Une récente statistique évaluait à
8 milliards, la somme totale de numéros parus

dans une année, ce qui représente un Américain sur trois, abonné à un journal; mais quoique — toujours d'après la statistique — le nombre d'exemplaires parus chez nous durant le même laps de temps, n'ait été que de 3.410.000.000, nous ne croyons pas trop avancer, en affirmant qu'à notre époque, pas un Français ne se désintéresse des progrès du journalisme.

C'est que la plus modeste publication procure ce petit renseignement, qui s'emmagasine dans l'esprit et dont l'accumulation, rend l'homme instruit assurément plus fort que l'ignorant.

La vôtre fournira certainement ce petit renseignement, elle sera donc utile et c'est pour cela que vous devez la créer.

Dédaignez la critique

Faites que votre journal réponde aux goûts, aux idées, aux aspirations des lecteurs que vous visez. Si la publication idéale est de réalisation matérielle impossible, vous pouvez cependant en approcher, en lui apportant tous vos soins. Ne laissez rien au hasard.

Des critiques malveillantes pourraient quelquefois ralentir votre zèle ; n'y attachez qu'une importance relative. On a tendance à trouver fade ce qui ne satisfait pas la passion secrète dont chacun est animé.

Ayez une ligne de conduite bien définie dès l'apparition de votre premier numéro. Poursuivez-la sans vous occuper des mécontents ou des jaloux. En restant foncièrement honnête vous aurez raison de vos plus irréductibles adversaires. Leurs critiques ne feront qu'augmenter encore le nombre de vos lecteurs. Que des liens toujours plus étroits vous maintiennent en communion de pensées avec ces derniers, et votre succès est assuré.

Évitez le chantage, la diffamation. — Le droit de réponse

N'hésitez pas à dire quelques vérités, quand vous les croirez utiles au bien public, mais évitez autant que vous le pourrez les personnalités désobligeantes et tout ce qui cotoierait le chantage et la diffamation. La loi du 29 juillet 1881 édicte des peines sévères contre les diffamateurs et les maîtres chanteurs en matière de presse. Veillez à ce que votre publication ne périsse dans un de ces procès à scandale, dont vous ressentiriez toute votre vie les éclaboussures.

La même loi accorde à toutes les personnes nommées ou désignées dans un article, le droit de répondre dans un plus prochain numéro, sans que cette réponse, qui doit être insérée à la même place et dans les mêmes caractères que l'article qui l'a provoquée, puisse dépasser le double de la longueur dudit article.

Vous n'attaquerez donc qu'à bon escient, afin de vous éviter l'ennui d'avoir à insérer dans vos propres colonnes, la réponse d'un adversaire.

Nous vous conseillons, enfin, de bien vous pénétrer du texte de la loi du 29 juillet 1881 sur la liberté de la Presse, que nous reproduisons plus loin *in extenso*, avec les modifications qui lui ont été successivement apportées.

A l'œuvre !

Vous connaissez maintenant tout ce qu'il est indispensable de savoir pour fonder un petit journal, une revue, un bulletin de société. La « pratique » répondra pour nous, aux quelques questions que vous avez pu vous poser, à la lecture de cette notice.

Mettez-vous donc résolument à l'œuvre. Que votre « gazette » soit la mieux ordonnée, la mieux écrite, la plus spirituelle, et qu'étant ainsi la plus propre à piquer la curiosité et à captiver l'attention, elle ait des centaines d'abonnés et des milliers de lecteurs ; c'est le souhait que forme pour elle et pour vous, l'auteur de ce Manuel.

LÉGISLATION DE LA PRESSE

LOI SUR LA PRESSE
des 29-30 Juillet 1881

*Modifiée par les lois du 2 août 1882, du 16 mars 1893,
du 12 décembre 1893, du 16 mars 1898, du 4 juillet 1908.*

CHAPITRE PREMIER
De l'Imprimerie et de la Librairie

ARTICLE PREMIER. — L'imprimerie et la librairie sont libres.

ART. 2. — Tout imprimé rendu public, à l'exception des ouvrages dits de ville ou bilboquets, portera l'indication du nom et du domicile de l'imprimeur, à peine contre celui-ci d'une amende de 5 à 15 francs.

La peine de l'emprisonnement pourra être prononcée si, dans les douze mois précédents, l'imprimeur a été condamné pour contravention de même nature.

ART. 3. — Au moment de la publication de tout imprimé, il en sera fait, par l'imprimeur, sous peine d'une amende de 16 à 300 francs, un dépôt de deux exemplaires destinés aux collections nationales.

Ce dépôt sera fait au ministère de l'intérieur pour Paris; à la préfecture, pour les chefs-lieux de département; à la sous-préfecture, pour les chefs-lieux d'arrondissement, et pour les autres villes à la mairie.

L'acte de dépôt mentionnera le titre de l'imprimé et le chiffre du tirage.

Sont exceptés de cette disposition les bulletins de vote, les circulaires commerciales ou industrielles, et les ouvrages dits de ville ou bilboquets.

ART. 4. — Les dispositions qui précèdent sont applicables à tous les genres d'imprimés ou de reproductions destinés à être publiés.

Toutefois, le dépôt prescrit par l'article précédent sera de trois exemplaires pour les estampes, la musique et en général les reproductions autres que les imprimés.

CHAPITRE II

De la Presse périodique

§ 1. — *Du droit de publication, de la gérance, de la déclaration et du dépôt au parquet.*

ART. 5. — Tout journal ou écrit périodique peut être publié, sans autorisation préalable et sans dépôt de cautionnement, après la déclaration prescrite par l'article 7.

ART. 6. — Tout journal ou écrit périodique aura un gérant.

Le gérant devra être Français, majeur, avoir la jouissance de ses droits civils et n'être privé de ses droits civiques par aucune condamnation judiciaire.

ART. 7. — Avant la publication de tout journal ou écrit périodique, il sera fait, au parquet du procureur de la République, une déclaration contenant :

1° Le titre du journal ou écrit périodique et son mode de publication :

2° Le nom et la demeure du gérant;

3° L'indication de l'imprimerie où il doit être imprimé

Toute mutation dans les conditions ci-dessus énumérées sera déclarée dans les cinq jours qui suivront.

ART. 8. — Les déclarations seront faites par écrit, sur papier timbré, et signées des gérants. Il en sera donné récépissé.

ART. 9. — En cas de contravention aux dispositions prescrites par les articles 6, 7, 8, le propriétaire, le gérant, ou, à défaut, l'imprimeur, seront punis d'une amende de 50 francs à 500 francs.

Le journal ou écrit périodique ne pourra continuer sa publication qu'après avoir rempli les formalités ci-dessus prescrites, à peine, si la publication irrégulière continue, d'une amende de 100 francs prononcée solidairement contre les mêmes personnes, pour chaque numéro publié à partir du jour de la prononciation du jugement de condamnation, si ce jugement est contradictoire, et du troisième jour qui suivra sa notification, s'il a été rendu par défaut ; et ce, nonobstant opposition ou appel, si l'exécution provisoire est ordonnée.

Le condamné, même par défaut, peut interjeter appel. Il sera statué par la Cour dans le délai de trois jours.

ART. 10. — Au moment de la publication de chaque feuille ou livraison du journal ou écrit périodique, il sera remis au parquet du procureur de la République, ou à la mairie, dans les villes où il n'y a pas de tribunal de première instance, deux exemplaires signés du gérant.

Pareil dépôt sera fait au ministère de l'intérieur, pour Paris et le département de la Seine ; et, pour les autres départements, à la préfecture, à la sous-préfecture, ou à la mairie, dans les villes qui ne sont ni chefs-lieux de département, ni chefs-lieux d'arrondissement.

Chacun de ces dépôts sera effectué sous peine de 50 fr. d'amende contre le gérant.

ART. 11. — Le nom du gérant sera imprimé au bas de tous les exemplaires, à peine, contre l'imprimeur, de 16 francs à 100 francs d'amende par chaque numéro publié en contravention de la présente disposition.

§ 2. — *Des rectifications.*

ART. 12. — Le gérant sera tenu d'insérer gratuitement, en tête du plus prochain numéro du journal ou écrit périodique, toutes les rectifications qui lui seront adressées par un dépositaire de l'autorité publique, au sujet des actes de sa fonction qui auront été inexactement rapportés par ledit journal ou écrit périodique.

Toutefois ces rectifications ne dépasseront pas le double de l'article auquel elles répondront.

En cas de contravention, le gérant sera puni d'une amende de 100 francs à 1.000 francs.

ART. 13. — Le gérant sera tenu d'insérer, dans les trois jours de leur réception ou dans le plus prochain numéro, s'il n'en était pas publié avant l'expiration des trois jours, les réponses de toute personne nommée ou désignée dans le journal ou écrit périodique, sous peine d'une amende de 50 francs à 500 francs, sans préjudice des autres peines et dommages-intérêts auxquels l'article pourrait donner lieu.

Cette insertion devra être faite à la même place et en mêmes caractères que l'article qui l'aura provoquée.

Elle sera gratuite, lorsque les réponses ne dépasseront pas le double de la longueur dudit article. Si elles le dépassent, le prix d'insertion sera dû pour le surplus seulement. Il sera calculé au prix des annonces judiciaires.

§ 3. — *Des journaux ou écrits périodiques étrangers.*

ART. 14. — La circulation en France des journaux ou écrits périodiques publiés à l'étranger ne pourra être interdite que par une décision spéciale délibérée en conseil des ministres.

La circulation d'un numéro peut être interdite par une décision du ministre de l'intérieur.

La mise en vente ou la distribution, faite sciemment au mépris de l'interdiction, sera punie d'une amende de 50 francs à 500 francs (1).

1. Cet article 14 a été rendu applicable aux journaux publiés en France et en langue étrangère, par l'article 2 de la loi du 12 décembre 1893.

Chapitre III

De l'affichage, du colportage et de la vente sur la voie publique

§ 1. — *De l'affichage.*

Art. 15. — Dans chaque commune, le maire désignera, par arrêté, les lieux exclusivement destinés à recevoir les affiches des lois et autres actes de l'autorité publique.

Il est interdit d'y placarder des affiches particulières.

Les affiches des actes émanés de l'autorité seront seules imprimées sur papier blanc.

Toute contravention aux dispositions du présent article sera punie des peines portées en l'article 2.

Art. 16. — Les professions de foi, circulaires et affiches électorales pourront être placardées, à l'exception des emplacements réservés par l'article précédent, sur tous les édifices publics consacrés aux cultes, et particulièrement aux abords des salles de scrutin.

Art. 17. — Ceux qui auront enlevé, déchiré, recouvert ou altéré, par un procédé quelconque, de manière à les travestir ou à les rendre illisibles, des affiches apposées par ordre de l'administration dans les emplacements réservés, seront punis d'une amende de 5 francs à 15 francs.

Si le fait a été commis par un fonctionnaire ou un agent de l'autorité publique, la peine sera d'une amende de 16 francs à 100 francs et d'un emprisonnement de six jours à un mois, ou de l'une de ces deux peines seulement.

Seront punis d'une amende de 5 francs à 15 francs tous ceux qui auront enlevé, déchiré, recouvert ou altéré par un procédé quelconque, de manière à les travestir ou à les rendre illisibles, des affiches électorales émanant de simples particuliers, apposées ailleurs que sur les propriétés de ceux qui auront commis cette lacération ou altération.

La peine sera d'une amende de 16 francs à 100 francs

et d'un emprisonnement de six jours à un mois, ou de l'une de ces deux peines seulement, si le fait a été commis par un fonctionnaire ou un agent de l'autorité publique, à moins que les affiches n'aient été apposées dans les emplacements réservés par l'article 15.

§ 2. — Du colportage et de la vente sur la voie publique.

ART. 18. — Quiconque voudra exercer la profession de colporteur ou distributeur sur la voie publique ou en tout autre lieu public ou privé, de livres, écrits, brochures, journaux, dessins, gravures, lithographies et photographies sera tenu d'en faire la déclaration à la préfecture du département où il a son domicile.

Toutefois, en ce qui concerne les journaux et autres feuilles périodiques, la déclaration pourra être faite, soit à la mairie de la commune dans laquelle doit se faire la distribution, soit à la sous-préfecture. Dans ce dernier cas, la déclaration produira son effet pour toutes les communes de l'arrondissement.

ART. 19. — La déclaration contiendra les nom, prénoms, profession, domicile, âge et lieu de naissance du déclarant.

Il sera délivré immédiatement et sans frais au déclarant un récépissé de sa déclaration.

ART. 20. — La distribution et le colportage accidentels ne sont assujettis à aucune déclaration.

ART. 21. — L'exercice de la profession de colporteur ou de distributeur sans déclaration préalable, la fausseté de la déclaration, le défaut de présentation à toute réquisition du récépissé, constituent des contraventions.

Les contrevenants seront punis d'une amende de 5 fr. à 15 francs et pourront l'être, en outre, d'un emprisonnement d'un à cinq jours.

En cas de récidive ou de déclaration mensongère, l'emprisonnement sera nécessairement prononcé.

ART. 22. — Les colporteurs et distributeurs pourront être poursuivis conformément au droit commun s'ils ont sciemment colporté ou distribué des livres, écrits, brochu-

res, journaux, dessins, gravures, lithographies et photographies présentant un caractère délictueux sans préjudice des
cas prévus par l'article 42.

·Chapitre IV

Des crimes et délits commis par la voie de la Presse ou par tout autre moyen de publication

§ 1. — *Provocation aux crimes et délits.*

Art. 23. — Seront punis comme complices d'une action
qualifiée crime ou délit ceux qui, soit par des discours, cris
ou menaces proférés dans des lieux ou réunions publics, soit
par des écrits, des imprimés vendus ou distribués, mis en
vente ou exposés dans des lieux ou réunions publics, soit
par des placards ou affiches exposés aux regards du public,
auront directement provoqué l'auteur ou les auteurs à commettre ladite action, si la provocation a été suivie d'effet.

Cette disposition sera également applicable lorsque la
provocation n'aura été suivie que d'une tentative de crime
prévue par l'article 2 du Code pénal.

Art. 24. — Ceux qui, par l'un des moyens énoncés en
l'article précédent, auront directement provoqué, soit au
vol, soit aux crimes de meurtre, de pillage et d'incendie,
soit à l'un des crimes punis par l'article 435 du Code pénal,
soit à l'un des crimes et délits contre la sûreté extérieure
de l'État prévus par les articles 75 et suivants jusques et y
compris l'article 85 du même code, seront punis, dans le
cas où cette provocation n'aurait pas été suivie d'effet, d'un
an à cinq ans d'emprisonnement et de 100 francs à 3.000 fr.
d'amende.

Ceux qui, par les mêmes moyens, auront directement
provoqué à l'un des crimes contre la sûreté intérieure de
l'État prévus par les articles 86 et suivants, jusques et y
compris l'article 101 du Code pénal, seront punis des
mêmes peines.

Tous cris ou chants séditieux proférés dans des lieux

ou réunions publics seront punis d'un emprisonnement de
six jours à un mois et d'une amende de 16 francs à 500 fr·
ou de l'une de ces deux peines seulement (1).

Art. 25. — Toute provocation par l'un des moyens énoncés en l'article 23, adressée à des militaires des armées de
terre ou de mer, dans le but de les détourner de leurs
devoirs militaires et de l'obéissance qu'ils doivent à leurs
chefs dans tout ce qu'ils leur commandent pour l'exécution
des lois et règlements militaires, sera punie d'un emprisonnement de trois mois à deux ans et d'une amende de 100 à
3.000 francs (2).

§ 2. — Délits contre la chose publique.

Art. 26. — L'offense au Président de la République par
l'un des moyens énoncés dans l'article 23 et dans l'article 28 est punie d'un emprisonnement de trois mois à un
an et d'une amende de 100 francs à 3.000 francs, ou de l'une
de ces deux peines seulement.

Art. 27. — La publication ou reproduction de nouvelles
fausses, de pièces fabriquées, falsifiées ou mensongèrement
attribuées à des tiers, sera punie d'un emprisonnement d'un
mois à un an et d'une amende de 50 francs à 1.000 francs,
ou de l'une de ces deux peines seulement, lorsque la publication ou reproduction aura troublé la paix publique et
qu'elle aura été faite de mauvaise foi.

Art. 28. — L'outrage aux bonnes mœurs commis par l'un
des moyens énoncés en l'article 23 sera puni d'un emprisonnement d'un mois à deux ans et d'une amende de 16 francs
à 2.000 francs.

*Les mêmes peines seront applicables à la mise en vente
à la distribution ou à l'exposition de dessins, de gravures,
peintures, emblèmes ou images obscènes. Les exemplaires
de ces dessins, gravures, peintures, emblèmes ou images*

1. et 2. Les articles 24 et 25 ont été ainsi modifiés par la loi du
12 décembre 1893.

obscènes exposés au regard du public, mis en vente, col-
portés ou distribués, seront saisis (1).

§ 3. — *Délits contre les personnes.*

Art. 29. — Toute allégation ou imputation d'un fait qui porte atteinte à l'honneur ou à la considération de la personne ou du corps auquel le fait est imputé est une diffa-

---

1. Ce paragraphe a été abrogé et remplacé par la loi du 2 août 1882 qui elle-même a été modifiée par la loi du 16 mars 1898 sur la répression des outrages aux bonnes mœurs, qui est ainsi conçue :

Article premier. — L'article 1er de la loi du 2 août 1882 est modifié ainsi qu'il suit : « Sera puni d'un emprisonnement d'un mois à deux ans et d'une amende de 100 à 5.000 francs, quiconque aura commis le délit d'outrages aux bonnes mœurs : — Par la vente ou la mise en vente, l'offre, l'exposition, l'affichage ou la distribution sur la voie publique ou dans les lieux publics, d'écrits, d'imprimés autres que le livre, d'affiches, dessins, gravures, peintures, emblèmes, objets ou images obscènes ou contraires aux bonnes mœurs; — Par la vente ou l'offre, même non publique, à un mineur, des mêmes écrits, imprimés, affiches, dessins, gravures, peintures, emblèmes, objets ou images ; — Par leur distribution, à domicile, par leur remise sous bande ou sous enveloppe non fermée à la poste ou à tout agent de distribution ou de transport ; — Par des chants non autorisés, proférés publiquement, par des annonces ou correspondances publiques contraires aux bonnes mœurs. — Les écrits, dessins, affiches, etc., incriminés et les objets ayant servi à commettre le délit seront saisis ou arrachés. La destruction en sera ordonnée par le jugement de condamnation. — Les peines pourront être portées au double si le délit a été commis envers les mineurs.

Art. 2. — L'article 2 de la loi du 2 août 1882 est remplacé par es dispositions suivantes : — « La prescription en matière d'outrages aux bonnes mœurs commis par la voie du livre est d'un an, à partir de la publication ou de l'introduction sur le territoire français. — La vente, la mise en vente ou l'annonce de livres condamnés sera punie des peines portées par l'article 1er de la présente loi. »

Art. 3. — Il n'est en rien dérogé aux dispositions des articles 2, 3 et 4 de la loi du 2 août 1882, qui prendront les numéros 3, 4 et 5

Voici le texte des articles 2, 3 et 4 de la loi du 2 août 1882 :

Art. 2. — Les complices de ces délits, dans les conditions pré-

mation. Toute expression outrageante, terme de mépris ou invective qui ne renferme l'imputation d'aucun fait est une injure.

ART. 30. — La diffamation commise par l'un des moyens énoncés en l'article 23 et en l'article 28, envers les cours, les tribunaux, les armées de terre ou de mer, les corps constitués et les administrations publiques, sera punie d'un emprisonnement de huit jours à un an et d'une amende de 100 francs à 3.000 francs, ou de l'une de ces deux peines seulement.

ART. 31. — Sera punie de la même peine la diffamation commise par les mêmes moyens, à raison de leurs fonctions ou de leur qualité, envers un ou plusieurs membres du ministère, un ou plusieurs membres de l'une ou de l'autre Chambre, un fonctionnaire public, un dépositaire ou agent de l'autorité publique, un ministre de l'un des cultes salariés par l'État, un citoyen chargé d'un service ou d'un mandat public, temporaire ou permanent, un juré ou un témoin, à raison de sa déposition.

ART. 32. — La diffamation commise envers les particuliers par l'un des moyens énoncés en l'article 23 et en l'article 28 sera punie d'un emprisonnement de cinq jours à six mois et d'une amende de 25 francs à 2.000 francs, ou de l'une de ces deux peines seulement. *

ART. 33. — L'injure commise par les mêmes moyens envers les corps ou les personnes désignés par les articles 30 et 31 de la présente loi sera punie d'un emprisonnement de six jours à trois mois et d'une amende de 16 francs à 500 fr., ou de l'une de ces deux peines seulement. L'injure commise, de la même manière, envers les particuliers, lors-

vues et déterminées par article 60 du Code pénal, seront punis de la même peine et la poursuite aura lieu devant le tribunal correctionnel, conformément au droit commun et suivant les règles édictées par le Code d'instruction criminelle.

ART. 3. — L'article 463 du Code pénal s'applique aux délits prévus par la présente loi.

ART. 4. — Sont abrogées toutes les dispositions contraires à la présente loi.

qu'elle n'aura pas été précédée de provocation, sera punie d'un emprisonnement de cinq jours à deux mois et d'une amende de 16 francs à 300 francs, ou de l'une de ces deux peines seulement. Si l'injure n'est pas publique, elle ne sera punie que de la peine prévue par l'article 471 du Code pénal.

Art. 34. — Les articles 29, 30 et 31, ne seront applicables aux diffamations ou injures dirigées contre la mémoire des morts, que dans le cas où les auteurs de ces diffamations ou injures auraient eu l'intention de porter atteinte à l'honneur ou à la considération des héritiers vivants.—Ceux-ci pourront toujours user du droit de réponse prévu par l'article 13.

Art. 35. — La vérité du fait diffamatoire, mais seulement quand il est relatif aux fonctions, pourra être établie par les voies ordinaires, dans le cas d'imputations contre les corps constitués, les armées de terre ou de mer, les administrations publiques, et contre toutes les personnes énumérées dans l'article 31.

La vérité des imputations diffamatoires et injurieuses pourra être également établie contre les directeurs ou administrateurs de toute entreprise industrielle, commerciale ou financière, faisant publiquement appel à l'épargne ou au crédit.

Dans les cas prévus aux deux paragraphes précédents, la preuve contraire est réservée. Si la preuve du fait diffamatoire est rapportée, le prévenu sera renvoyé des fins de la plainte.

Dans toute autre circonstance et envers toute autre personne non qualifiée, lorsque le fait imputé est l'objet de poursuites commencées à la requête du ministère public, ou d'une plainte de la part du prévenu, il sera, durant l'instruction qui doit avoir lieu, sursis à la poursuite et au jugement de diffamation.

§ 4. — *Délits contre les chefs d'États et agents diplomatiques étrangers.*

Art. 36. — L'offense commise publiquement envers les chefs d'États étrangers sera punie d'un emprisonnement de trois mois à un an et d'une amende de 100 francs à 3.000 francs, ou de l'une de ces deux peines seulement.

Art. 37. — L'outrage, commis publiquement envers les ambassadeurs et ministres plénipotentiaires, envoyés, chargés d'affaires ou agents diplomatiques accrédités près du gouvernement de la République, sera puni d'un emprisonnement de huit jours à un an et d'une amende de 50 francs à 2.000 francs, ou de l'une de ces deux peines seulement.

§ 5. — *Publications interdites ; immunités de la défense.*

Art. 38. — Il est interdit de publier les actes d'accusation et tous autres actes de procédure criminelle ou correctionnelle avant qu'ils aient été lus en audience publique, et ce sous peine d'une amende de 50 francs à 1.000 francs.

Art. 39. — Il est interdit de rendre compte des procès en diffamation où la preuve des faits diffamatoires n'est pas autorisée. La plainte seule pourra être publiée par le plaignant. Dans toute affaire civile, les cours et tribunaux pourront interdire le compte rendu du procès.

Ces interdictions ne s'appliqueront pas aux jugements qui pourront toujours être publiés.

Il est également interdit de rendre compte des délibérations intérieures soit des jurys, soit des cours et tribunaux.

Toute infraction à ces dispositions sera punie d'une amende de 100 francs à 2.000 francs.

Art. 40. — Il est interdit d'ouvrir ou d'annoncer publiquement des souscriptions ayant pour objet d'indemniser des amendes, frais et dommages-intérêts prononcés par des condamnations judiciaires, en matière criminelle et correctionnelle, sous peine d'un emprisonnement de huit jours à six mois et d'une amende de 100 francs à 1.000 fr., ou de l'une de ces deux peines seulement.

Art. 41. — Ne donneront ouverture à aucune action les discours tenus dans le sein de l'une des deux Chambres, ainsi que les rapports ou toutes autres pièces imprimées par ordre de l'une des deux Chambres.

Ne donnera lieu à aucune action le compte rendu des

séances publiques des deux Chambres fait de bonne foi dans les journaux.

Ne donneront lieu à aucune action en diffamation, injure ou outrage, ni le compte rendu fidèle fait de bonne foi des débats judiciaires, ni les discours prononcés ou les écrits produits devant les tribunaux.

Pourront néanmoins les juges, saisis de la cause et statuant sur le fond, prononcer la suppression des discours injurieux, outrageants ou diffamatoires, et condamner qui il appartiendra à des dommages-intérêts. Les juges pourront aussi, dans le même cas, faire des injonctions aux avocats et officiers ministériels et même les suspendre de leurs fonctions. La durée de cette suspension ne pourra excéder deux mois, et six mois en cas de récidive dans l'année.

Pourront toutefois les faits diffamatoires étrangers à la cause donner ouverture soit à l'action publique, soit à l'action civile des parties, lorsque ces actions leur auront été réservées par les tribunaux et, dans tous les cas, à l'action civile des tiers.

Chapitre V

Des poursuites et de la répression

§ 1. — *Des personnes responsables des crimes et délits commis par la voie de la presse.*

Art. 42. — Seront passibles, comme auteurs principaux, des peines qui constituent la répression des crimes et délits commis par la voie de la presse dans l'ordre ci-après, savoir : 1º les gérants ou éditeurs, quelles que soient leurs professions ou leurs dénominations ; 2º à leur défaut, les auteurs ; 3º à défaut des auteurs, les imprimeurs ; 4º à défaut des imprimeurs, les vendeurs, distributeurs ou afficheurs.

Art. 43. — Lorsque les gérants ou les éditeurs seront en cause, les auteurs seront poursuivis comme complices.

Pourront l'être au même titre et dans tous les cas

toutes personnes auxquelles l'article 60 du Code pénal pourrait s'appliquer. Ledit article ne pourra s'appliquer aux imprimeurs pour faits d'impression, sauf dans les cas et les conditions prévus par l'article 6 de la loi du 7 juin 1848 sur les attroupements.

Art. 44. — Les propriétaires des journaux ou écrits périodiques sont responsables des condamnations pécuniaires prononcées au profit des tiers contre les personnes désignées dans les deux articles précédents, conformément aux dispositions des articles 1382, 1383 et 1384 du Code civil.

Art. 45. — Les crimes et délits prévus par la présente loi sont déférés à la Cour d'assises, sont exceptés et déférés au tribunal de police correctionnelle les délits et infractions prévus par les articles 3, 4, 9, 10, 11, 12, 13, 14, 17 §§ 2 et 4; 28, § 2 ; 32, 33, § 2 ; 36, 37, 38, 39 et 40 de la présente loi. Sont encore exceptées et renvoyées devant les tribunaux de simple police les contraventions prévues par les articles 2, 15, 17, §§ 1 et 3 ; 21 et 33 § 3 de la présente loi (1).

Art. 46. — L'action civile résultant des délits de diffamation prévus et punis par les articles 30 et 31 ne pourra, sauf dans le cas de décès de l'auteur du fait incriminé ou d'amnistie, être poursuivie séparément de l'action publique.

§ 2. — *De la procédure.*

A. — Cour d'assises

Art. 47. — La poursuite des crimes et délits commis par la voie de la Presse ou par tout autre moyen de publication aura lieu d'office et à la requête du ministère public, sous les modifications suivantes : 1° Dans le cas d'injure ou de diffamation envers les cours, tribunaux et autres corps indiqués en l'article 30, la poursuite n'aura lieu que sur une délibération prise par eux en assemblée générale, et requérant les poursuites, ou, si le corps n'a pas d'assem-

1. Cet article a été ainsi modifié par la loi du 16 mars 1893.

blée générale, sur la plainte du chef du corps ou du ministre duquel ce corps relève. — 2° Dans le cas d'injure ou de diffamation envers un ou plusieurs membres de l'une ou de l'autre Chambre, la poursuite n'aura lieu que sur la plainte de la personne ou des personnes intéressées. 3ᵉ Dans le cas d'injure ou de diffamation envers les fonctionnaires publics, les dépositaires ou agents de l'autorité publique autres que les ministres, envers les ministres des cultes salariés par l'État et les citoyens chargés d'un service ou d'un mandat public, la poursuite aura lieu, soit sur leur plainte, soit d'office, sur la plainte du ministre dont ils relèvent. — 4° Dans le cas de diffamation envers un juré ou un témoin, délit prévu par l'article 31, la poursuite n'aura lieu que sur la plainte du juré ou du témoin qui se prétendra diffamé. — 5° (Abrogé par la loi du 16 mars 1893). — 6° Dans les cas prévus par les paragraphes 3 et 4 du présent article, le droit de citation directe devant la Cour d'assises appartiendra à la partie lésée. Sur sa requête, le président de la Cour d'assises fixera les jour et heure auxquels l'affaire sera appelée.

Art. 48. — Si le ministère public requiert une information, il sera tenu, dans son réquisitoire, d'articuler et de qualifier les provocations, outrages, diffamation et injures à raison desquels la poursuite est intentée, avec indication des textes dont l'application est demandée, à peine de nullité du réquisitoire et de ladite poursuite.

Art. 49. — Immédiatement après le réquisitoire, le juge d'instruction pourra, mais seulement en cas d'omission du dépôt prescrit par les articles 3 et 10 ci-dessus, ordonner la saisie de quatre exemplaires de l'écrit, du journal ou du dessin incriminé.

Toutefois, dans les cas prévus aux articles 24, § 1ᵉʳ, et 25 de la présente loi, la saisie des écrits ou imprimés, des placards ou affiches, aura lieu conformément aux règles édictées par le Code d'instruction criminelle.

Si le prévenu est domicilié en France, il ne pourra être préventivement arrêté, sauf dans les cas prévus aux articles 23, 24, § 1ᵉʳ, et 25 ci-dessus.

S'il y a condamnation, l'arrêt pourra, dans les cas prévus aux articles 24, § 1er, et 25, prononcer la confiscation des écrits ou imprimés, placards ou affiches saisis, et, dans tous les cas, ordonner la saisie et la suppression ou la destruction de tous les exemplaires qui seraient mis en vente, distribués ou déposés au regard du public. Toutefois, la suppression ou la destruction pourra ne s'appliquer qu'à certaines parties des exemplaires saisis.

En cas d'arrestation préventive ou de saisie, l'inculpé pourra demander sa mise en liberté provisoire ou la mainlevée de la saisie.

Le juge d'instruction, après avoir entendu le procureur de la République, devra statuer dans un délai de vingt-quatre heures. L'ordonnance sera signifiée dans le même délai.

Le procureur de la République et l'inculpé auront, dans les vingt-quatre heures de la signification de l'ordonnance, le droit de former opposition devant la Chambre des mises en accusation, qui statuera dans les cinq jours.

Si aucune décision n'est intervenue avant l'expiration de ce délai, l'inculpé devra être mis en liberté et les pièces saisies seront restituées (1).

ART. 50. — La citation contiendra l'indication précise des écrits, des imprimés, placards, dessins, gravures, peintures, médailles, emblèmes, des discours ou propos publiquement proférés qui seront l'objet de la poursuite, ainsi que de la qualification des faits. Elle indiquera les textes de la loi invoqués à l'appui de la demande. — Si la citation est à la requête du plaignant, elle portera, en outre, copie de l'ordonnance du président; elle contiendra élection de domicile dans la ville où siège la Cour d'assises, et sera notifiée tant au prévenu qu'au ministère public. Toutes ces formalités seront observées à peine de nullité de la poursuite.

ART. 51. — Le délai entre la citation et la comparution en Cour d'assises sera de cinq jours francs, outre un jour par 5 myriamètres de distance.

1. L'article 49 a été ainsi modifié par la loi du 12 décembre 1893.

Art. 52. — En matière de diffamation, ce délai sera de douze jours, outre un jour par 5 myriamètres. — Quand le prévenu voudra être admis à prouver la vérité des faits diffamatoires, conformément aux dispositions de l'article 35 de la présente loi, il devra, dans les cinq jours qui suivront la notification de la citation, faire signifier au ministère public près la Cour d'assises ou au plaignant, au domicile par lui élu, suivant qu'il est assigné à la requête de l'un ou de l'autre : — 1° les faits articulés et qualifiés dans la citation, desquels il entend prouver la vérité ; — 2° la copie des pièces ; — 3° les noms, professions et demeures des témoins par lesquels il entend faire sa preuve. Cette signification contiendra élection de domicile près la Cour d'assises, le tout à peine d'être déchu du droit de faire la preuve.

Art. 53. — Dans les cinq jours suivants, le plaignant ou le ministère public, suivant le cas, sera tenu de faire signifier au prévenu, au domicile par lui élu, la copie des pièces et les noms, professions et demeures des témonis par lesquels il entend faire la preuve contraire, sous peine d'être déchu de son droit.

Art. 54. — Toute demande en renvoi pour quelque cause que ce soit, tout incident sur la procédure suivie devront être présentés avant l'appel des jurés, à peine de forclusion.

Art. 55. — Si le prévenu a été présent à l'appel des jurés, il ne pourra plus faire défaut, quand bien même il se fût retiré pendant le tirage au sort. — En conséquence, tout arrêt qui interviendra, soit sur la forme, soit sur le fond, sera définitif quand bien même le prévenu se retirerait de l'audience ou refuserait de se défendre. Dans ce cas, il sera procédé avec le concours du jury et comme si le prévenu était présent.

Art. 56. — Si le prévenu ne comparait pas au jour fixé par la citation, il sera jugé par défaut par la Cour d'assises, sans assistance ni intervention des jurés. — La condamnation par défaut sera comme non avenue si, dans les cinq jours de la signification qui en aura été faite au prévenu ou à son domicile, outre un jour par 5 myriamètres, celui-ci forme opposition à l'exécution de l'arrêt et notifie son opposition tant au ministère public qu'au plaignant. Toutefois, si la signification n'a pas été faite à personne ou s'il ne résulte pas de l'acte d'exécution de l'arrêt que le prévenu en a eu connaissance, l'opposition sera recevable jusqu'à l'expiration des délais de la prescription de la peine. L'opposition vaudra citation à la première audience utile, les frais de l'expédition, de la signification de l'arrêt, de l'opposition et de la réassignation pourront être laissés à la charge du prévenu.

ART. 57. — Faute par le prévenu de former son opposition dans le délai fixé en l'article 56, et de la signifier aux personnes indiquées dans cet article, ou de comparaître par lui-même au jour fixé en l'article précédent, l'opposition sera réputée non avenue et l'arrêt par défaut sera définitif.

ART. 58. — En cas d'acquittement par le jury, s'il y a partie civile en cause, la Cour ne pourra statuer que sur les dommages-intérêts réclamés par le prévenu. Ce dernier devra être renvoyé de la plainte sans dépens ni dommages-intérêts au profit du plaignant.

Sont applicables, en matière de diffamation et d'injures portées devant la Cour d'assises et dans le cas où la poursuite a eu lieu à la requête du ministère public, les dispositions de l'article 368 du Code d'instruction criminelle (1).

ART. 59. — Si, au moment où le ministère public ou le plaignant exerce son action, la session de la Cour d'assises est terminée, et s'il ne doit pas s'en ouvrir d'autre à une époque rapprochée, il pourra être formé une Cour d'assises extraordinaire, par ordonnance motivée du premier président. Cette ordonnance prescrira le tirage au sort des jurés conformément à la loi. — L'article 81 du décret du 6 juillet 1810 sera applicable aux Cours d'assises extraordinaires formées en exécution du paragraphe précédent.

1. Ce paragraphe a été ajouté à l'article 58 par la loi du 3 avril 1896.

B. — Police correctionnelle et simple police

ART. 60. — La poursuite devant les tribunaux correctionnels et de simple police aura lieu conformément aux dispositions du chapitre II du titre Ier du livre II du Code d'instruction criminelle, sauf les modifications suivantes :

1° Dans le cas d'offense envers les chefs d'Etat ou d'outrages envers les agents diplomatiques étrangers, la poursuite aura lieu, soit à leur requête, soit d'office, sur leur demande adressée au ministre des affaires étrangères et par celui-ci au ministre de la justice ;

En ce cas seront applicables les dispositions de l'article 49 sur le droit de saisie et d'arrestation préventive relatives aux infractions prévues par les articles 23, 24 et 25 (1)

2° Dans le cas de diffamation envers les particuliers prévu par l'article 32 et dans le cas d'injure prévu par l'article 33, § 2, la poursuite n'aura lieu que sur la plainte de la personne diffamée ou injuriée ;

3° En cas de diffamation ou d'injure pendant la période électorale contre un candidat à une fonction élective, le délai de la citation sera réduit à vingt-quatre heures, outre le délai de distance ;

4° La citation précisera et qualifiera le fait incriminé ; elle indiquera le texte de la loi applicable à la poursuite, le tout à peine de nullité de ladite poursuite.

Sont applicables au cas de poursuite et de condamnation les dispositions de l'article 49 de la présente loi.

Le désistement du plaignant arrêtera la poursuite commencée.

C. — Des voies de recours (2)

ART. 61. — Le droit de se pourvoir en cassation appartiendra au prévenu et à la partie civile, quant aux disposi-

---

1. Ce paragraphe a été ajouté à l'article 60 par la loi du 16 mars 1893.

2. Le titre « Des pourvois en cassation » a été ainsi remplacé par la loi du 4 juillet 1908, dite « Loi Chaumié ».

ions relatives à ses intérêts civils. L'un et l'autre seront dispensés de consigner l'amende et le prévenu de se mettre en état.

Art. 62. — Le pourvoi devra être formé dans les trois jours, au greffe de la cour ou du tribunal qui aura rendu la décision. Dans les vingt-quatre heures qui suivront, les pièces seront envoyées à la Cour de cassation, qui jugera d'urgence dans les dix jours à partir de leur réception.

L'appel contre les jugements ou le pourvoi contre les arrêts des cours d'appels et cours d'assises qui auront statué sur tous incidents et exceptions *autres que les exceptions d'incompétence*, ne sera formé, à peine de nullité, qu'après le jugement ou l'arrêt définitif et en même temps que l'appel ou le pourvoi contre le dit jugement ou arrêt (1).

Toutes les exceptions d'incompétence devront être proposées avant toute ouverture du débat sur le fond ; faute de ce, elles seront jointes au fond et il sera statué sur le tout par le même jugement ou arrêt (2).

§3. — *Récidive, circonstances atténuantes, prescription.*

Art. 63. — L'aggravation des peines résultant de la récidive ne sera pas applicable aux infractions prévues par la présente loi. En cas de conviction de plusieurs crimes ou délits prévus par la présente loi, les peines ne se cumuleront pas et la plus forte sera seule prononcée.

Art. 64. — L'article 463 du Code pénal est applicable dans tous les cas prévus par la présente loi. Lorsqu'il y aura lieu de faire cette application, la peine prononcée ne pourra excéder la moitié de la peine édictée par la loi.

Art. 65. — L'action publique et l'action civile résultant des crimes, délits et contraventions prévus par la présente loi se prescriront après trois mois révolus, à compter du jour où ils auront été commis, ou du jour du dernier acte de poursuite, s'il en a été fait. Les prescriptions com-

1. 2. Ces deux paragraphes ont été ajoutés à l'article 62 par la loi du 4 juillet 1908.

mencées à l'époque de la publication de la présente loi, et pour lesquelles il faudrait encore, suivant les lois existantes, plus de trois mois à compter de la même époque, seront, par ce laps de trois mois, définitivement accomplies.

Dispositions transitoires.

ART. 66. — Les gérants et propriétaires de journaux existant au jour de la promulgation de la présente loi seront tenus de se conformer, dans un délai de quinzaine, aux prescriptions édictées par les articles 7 et 8, sous peine de tomber sous l'application de l'article 9.

ART. 67. — Le montant des cautionnements versés par les journaux ou écrits périodiques actuellement soumis à cette obligation sera remboursé à chacun d'eux, par le Trésor public, dans un délai de trois mois, à partir du jour de la promulgation de la présente loi, sans préjudice des retenues qui pourront être effectuées au profit de l'Etat et des particuliers, pour les condamnations à l'amende et les réparations civiles auxquelles il n'aura pas été autrement satisfait à l'époque du remboursement.

ART. 68. — Sont abrogés les édits, lois, décrets, ordonnances, arrêtés, règlements, déclarations généralement quelconques, relatifs à l'imprimerie, à la librairie, à la presse périodique ou non périodique, au colportage, à l'affichage, à la vente sur la voie publique et aux crimes et délits prévus par les lois sur la presse et les autres moyens de publication, sans que puissent revivre les dispositions abrogées par les lois antérieures.

Est également abrogé le second paragraphe de l'article 31 de la loi du 10 août 1871 sur les conseils généraux, relatif à l'appréciation de leurs discussions par les journaux.

ART. 69. — La présente loi est applicable à l'Algérie et aux colonies.

ART. 70. — Amnistie est accordée pour tous les crimes et délits commis antérieurement au 16 février 1881, par la voie de la presse ou autres moyens de publication, sauf l'outrage aux bonnes mœurs puni par l'article 28 de la présente loi, et sans préjudice du droit des tiers.

Les amendes non perçues ne seront pas exigées. Les amendes déjà perçues ne seront pas restituées à l'exception de celles qui ont été payées depuis le 16 février 1881.

Loi du 19 mars 1889

RELATIVE AUX ANNONCES SUR LA VOIE PUBLIQUE

ARTICLE PREMIER. — Les journaux et tous les écrits ou imprimés distribués ou vendus dans les rues et lieux publics ne pourront être annoncés que par leur titre, leur prix, l'indication de leur opinion et les noms de leurs auteurs et rédacteurs.

Aucun titre obscène ou contenant des imputations, diffamations ou expressions injurieuses pour une ou plusieurs personnes, ne pourra être annoncé sur la voie publique.

ART. 2. — Les infractions aux dispositions qui précèdent seront punies d'une amende de 1 franc à 15 francs, et, en cas de récidive, d'un emprisonnement d'un jour à cinq jours. Toutefois, l'article 463 du Code pénal pourra toujours être appliqué.

Loi du 11 juin 1887

SUR LA DIFFAMATION PAR CARTE POSTALE

ARTICLE PREMIER. — Quiconque aura expédié par l'administration des postes et télégraphes une correspondance à découvert contenant une diffamation, soit envers des particuliers, soit envers les corps ou les personnes désignées par les articles 26, 30, 31, 36 et 37 de la loi du 29 juillet 1881, sera puni d'un emprisonnement de cinq jours à six mois et d'une amende de 25 francs à 3.000 francs, ou de l'une de ces deux peines seulement.

Si la correspondance contient une injure, cette expédition sera punie d'un emprisonnement de cinq jours à deux mois et d'une amende de 16 francs à 300 francs, ou de l'une de ces deux peines seulement.

ART. 2. — Les délits prévus par la présente loi sont de la compétence des tribunaux correctionnels.

Les dispositions des articles 35, 46, 47, 60, 61, 62, 63, 64, 65 et 69 de la loi du 29 juillet 1881 leur sont applicables.

Loi du 14 juillet 1866

SUR LA PROPRIÉTÉ LITTÉRAIRE

La durée des droits accordés par les lois antérieures aux aéritiers, successeurs irréguliers, donataires ou légataires des auteurs, compositeurs ou artistes, est portée à *cinquante ans*, à partir du décès de l'auteur. Pendant cette période de cinquante ans, le conjoint survivant, quel que soit le régime matrimonial, et indépendamment des droits qui peuvent résulter en faveur de ce conjoint du régime de la communauté, a la simple jouissance des droits dont l'auteur prédécédé n'a pas disposé par acte entre vifs ou par testament. Toutefois, si l'auteur laisse des héritiers à réserve, cette jouissance est réduite au profit de ces héritiers, suivant les proportions et distinctions établies par les articles 913 et 915 du Code Napoléon. Cette jouissance n'a pas lieu lorsqu'il existe, au moment du décès, une séparation de corps prononcée contre ce conjoint ; elle cesse au cas où le conjoint contracte un nouveau mariage. Les droits des héritiers à réserve et des autres héritiers ou successeurs, pendant cette période de cinquante ans, restent d'ailleurs réglés conformément aux prescriptions du Code Napoléon. Lorsque la succession est dévolue à l'État, le droit exclusif s'éteint sans préjudice des droits des créanciers et de l'exécution des traités de cession qui ont pu être consentis par l'auteur ou par ses représentants.

Décret du 28 décembre 1870

SUR LES ANNONCES JUDICIAIRES

Provisoirement et jusqu'à ce qu'il en ait été autrement décidé, les annonces judiciaires et légales pourront être insérées, au choix des parties, dans l'un des journaux publiés en langue française dans le département.

Néanmoins, toutes les annonces judiciaires relatives à une même procédure de vente seront insérées dans le même journal.

Art. 239, § 5 du Code civil
modifié par la loi du 18 avril 1886

sur la procédure en matière de DIVORCE ET DE SÉPARATION DE CORPS (*Journal officiel* du 20 avril 1886).

La reproduction des débats par la voie de la presse, dans les instances en divorce, est interdite, sous peine de l'amende de 100 à 2.000 francs, édictée par l'article 39 de la loi du 30 juillet 1881.

TABLE DES MATIÈRES

Législation de la Presse

RÉPERTOIRE ADRESSES

DES

INDUSTRIES DE LA PRESSE

(Sauf pour Paris, la ville est indiquée.)

ACHAT ET VENTE d'imprimeries et de papeteries.
> *Office général de l'Imprimerie et de la Papeterie,*
> (L.Motte, directeur),boulevard Poissonnière, 28.

AFFICHAGE, Distribution.
> *Affichage National* (Dufayel), rue Montesquieu, 8.
> *Société Commerciale de Publicité*, rue d'Amster-
> dam, 89.

BUREAUX et Bibliothèques.
> *Borgeaud*, rue des Saints-Pères, 41.
> *Wiener (Félix) et Cie*, rue des Goncourt, 3, 5,
> et 5 bis.

CALENDRIERS-RÉCLAMES. Primes.
> *Paul Flohr*, rue Burnouf, 6.
> *Publications Universelles Illustrées* (primes artis-
> tiques inédites pour journaux et revues).

COMPTABILITÉ. — *Pigier*, rue de Rivoli, 53.

CORRESPONDANCES POUR JOURNAUX, Agences d'annonces.
> *Agence Fournier*, rue de la Bourse, 1.
> *Agence Havas*, place de la Bourse, 13.
> *Agence de la Presse Nouvelle*, rue Notre-Dame-
> des-Victoires, 42.
> *Publications Universelles Illustrées* (correspon-
> dances particulières pour les journaux de pro-
> vince et de l'étranger. Annonces).

Clicherie de la Presse (la), rue Montmartre, 129, (Service spécial d'informations et de romans clichés).

Agence de publicité industrielle et commerciale (A. Rousselle, administrateur), rue de la Victoire, 32 (Éditeur du journal « La Publicité Moderne »).

John F. Jones et C°, rue du Faubourg-Montmartre, 31 *bis* (Annonces).

P. Raveau et Cie, rue de la Grange-Batelière, 6 (Annonces. Éditeur du journal « La Publicité »).

Société générale des Annonces (Lagrange, Cerf et Cie), place de la Bourse, 8.

COUPURES DE JOURNAUX et de revues.

L'Argus de la Presse, rue Bergère, 37.

Le Courrier de la Presse, boulevard Montmartre, 21.

DESSINATEURS. — *G. Beunke*, rue de Dunkerque, 79.
Publications Universelles Illustrées.

ECOLE *des Hautes Etudes sociales*, rue de la Sorbonne, 16 (Section de Journalisme. Cours et conférences).

ENCRE A ÉCRIRE. — *Antoine N. et fils* (H. Plisson et Cⁱᵉ, succ.), rue d'Hautpoul, 32.
Ville de Paris (Jules Miette), rue Amelot, 102.

ENCRE D'IMPRIMERIE. *Laflèche et fils*, rue de Tournon 12,
Lefranc (A.) et Cⁱᵉ, rue de Seine, 12.
Lorilleux (Ch.) et Cⁱᵉ, rue Suger, 16.

FONDEURS EN CARACTÈRES. — *Allainguillaume et Cⁱᵉ*, rue du Montparnasse, 21.

Beaudoire (Fonderie générale), rue Duguay-Trouin, 13.

Bertrand (A.) et ses fils, rue de l'Abbaye, 8.
Deberny et Cⁱᵉ, rue d'Hauteville, 58.
Doublet et Cⁱᵉ, avenue d'Orléans, 56.
Turlot (Henri Chaix et Cⁱᵉ), rue de Rennes, 128.
Warnery, rue Humboldt, 4, 6 et 8.

FOURNITURES GÉNÉRALES pour l'Imprimerie.

J. Radiguer, rue Sainte-Cécile, 13.

FOURNITURES GÉNÉRALES pour les procédés photomécaniques.

H. Calmels, ing. const., boulevard du Montparnasse, 150.

IMPRIMEURS. *A. Dugas et Cie*, quai Cassard, 5, Nantes.

Grande Imprimerie Forézienne (P. Roustan), Roanne (Loire).

Jules Moreau, rue de la Liberté, 9, Argenteuil (S.-et-O.)

Publications Universelles Illustrées. (Prix les plus réduits pour journaux, revues, livres).

LIBRAIRES.

Annuaire de la Presse française et du Monde politique (Paul Bluysen, directeur), rue Saint-André-des-Arts, 33.

Bibliothèque technique des Industries du Livre (A. Muller), rue de Seine, 36. (Annuaire de l'Imprimerie).

Bibliothèque parlementaire, rue Saint-Benoît, 7.

E. Flammarion et A. Vaillant, rue Rotrou, 4.

Gauthier-Villars, quai des Grands-Augustins, 55 (Bibliothèque photographique).

Hachette, boulevard Saint-Germain, 79.

Jurisprudence générale Dalloz (R. de Rigny, administrateur), rue de Lille, 19.

Larousse, rue du Montparnasse, 17.

Nationale, rue Denis-Poisson, 8 (Encyclopédie universelle du xxe siècle).

Publications officielles et Bulletin des Lois, quai Voltaire, 5, 17, 17 bis.

MACHINES A COMPOSER.

Monotype (Henry Garda), rue Réaumur, 68.

Linotype (Walter Behrens), rue de Valois, 10.

Mergenthaler Linotype company, rue Auber, 3.

Typograph, rue Réaumur, 102.

MACHINES A ÉCRIRE.

Continental (R. Feigel, directeur), boulevard Voltaire, 3 (Conditions de vente très avantageuses).

Compagnie Réal (C. Mamet, directeur), rue Vivienne, 8 (« Junior », 100 frs. — Occasions de toutes marques).

MACHINES TYPOGRAPHIQUES. PRESSES.

Alauzet et Cie, rue de Bagneux, 73, Grand-Montrouge (Seine).

Derriey (J.), avenue Philippe-Auguste, 81, 83, 85.

Foucher (A.), boulevard Jourdan, 62.

Marinoni (Établissements), rue d'Assas, 96.

Muller (Arthur), rue des Vinaigriers, 44.

Taesch (E.), rue Broca, 88.

Turbelin (A.), rue de Paris, 212, Lille.

Turbelin (Georges fils) et C¹ᵉ, rue Saint-Augustin, 18, Lille.

Voirin (J.) et C¹ᵉ, rue Mayet, 15, 17.

MATÉRIEL D'OCCASION, Magasins généraux de l'Imprimerie (A.-E. de Wattripont, directeur), rue de la Reine-Blanche, 3, 5, 7.

PAPIERS, Darblay, rue du Louvre, 3.

Georges Olmer et C¹ᵉ, rue du Pont-de-Lodi, 5.

Louis Muller (papiers de couverture) rue de Maubeuge, 49.

Papeteries du Pont de Claix, rue Mazarine, 60.

Prioux et C¹ᵒ, impasse Reille, 3, 5.

Société anonyme des papeteries du Souche (Vosges)(P. Mauban, directeur), rue de Reuilly, 73.

Société des papeteries du Sentier, rue du Sentier, 39.

Wolff, Maunoury, et C¹ᵉ, rue Coquillière, 10.

PHOTOGRAPHIE (fournitures et accessoires pour la).

Gaumont, rue Saint-Roch, 57.

Guilleminot, rue de Châteaudun, 22.

Jougla, rue de Rivoli, 45.

Kodak, place Vendôme, 4.

umière (A.) et ses fils, rue Saint-Victor, 21, Montplaisir-Lyon.

Mackenstein, rue des Carmes, 15.

Jules Richard (Vérascope), rue Halévy, 10.

PHOTOGRAVEURS. Clicheurs.

Barret (.), boulevard du Montparnasse, 104.

Fernique fils, rue de Fleurus, 31.

Gillard, boulevard du Montparnasse, 150.

Le Nouveau Métal (Taclet), rue des Goncourt, 12 (Procédé permettant à tous de reproduire des dessins typographiquement en quelques minutes).

PORTE-PLUME A RÉSERVOIR.

Idéal (Waterman), rue de Hanovre, 6.

Onoto (De la Rue), rue d'Enghien, 37.

Swan (Brentano's), avenue de l'Opéra, 37.

MAYENNE, IMPRIMERIE DE CHARLES COLIN

9

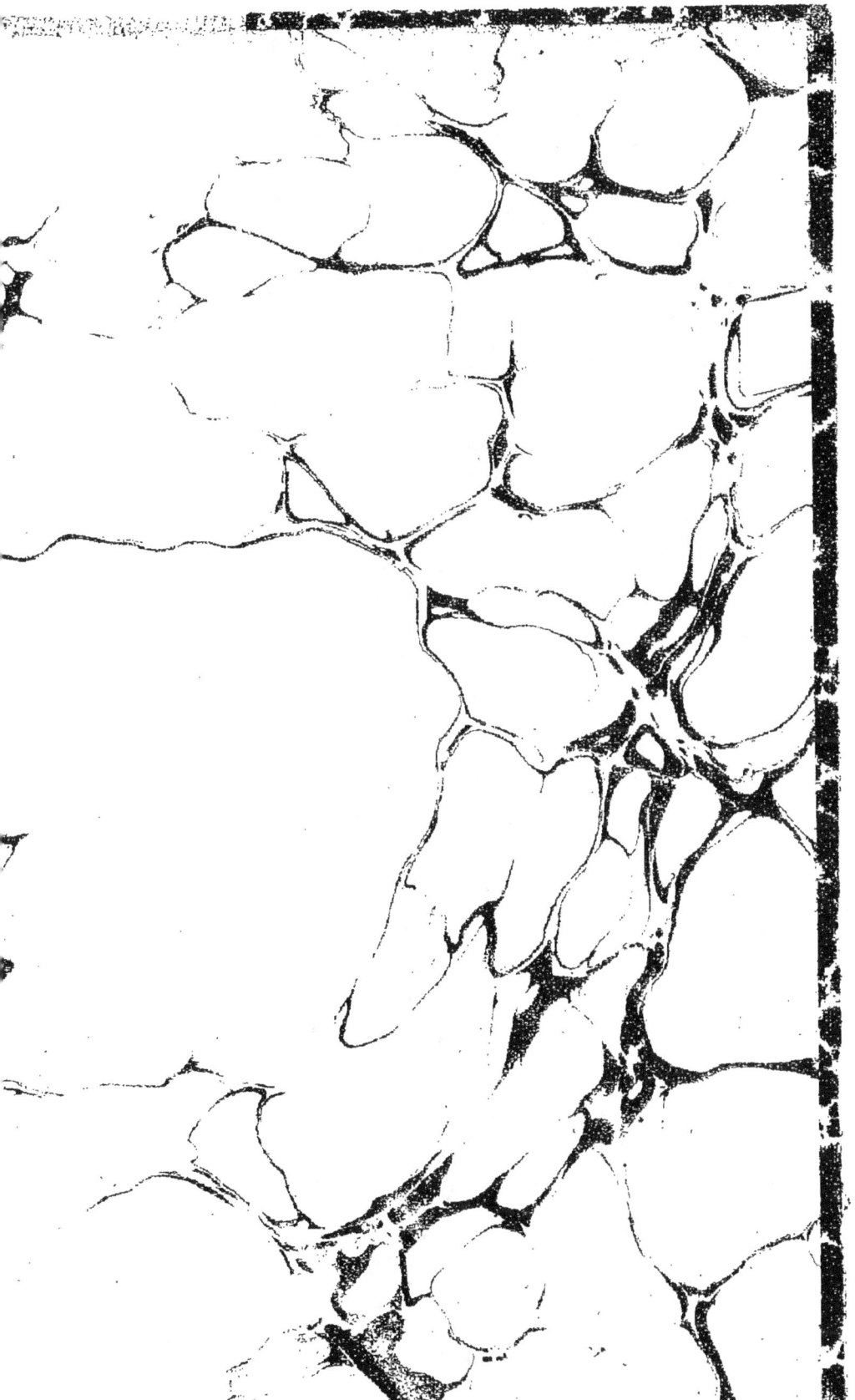

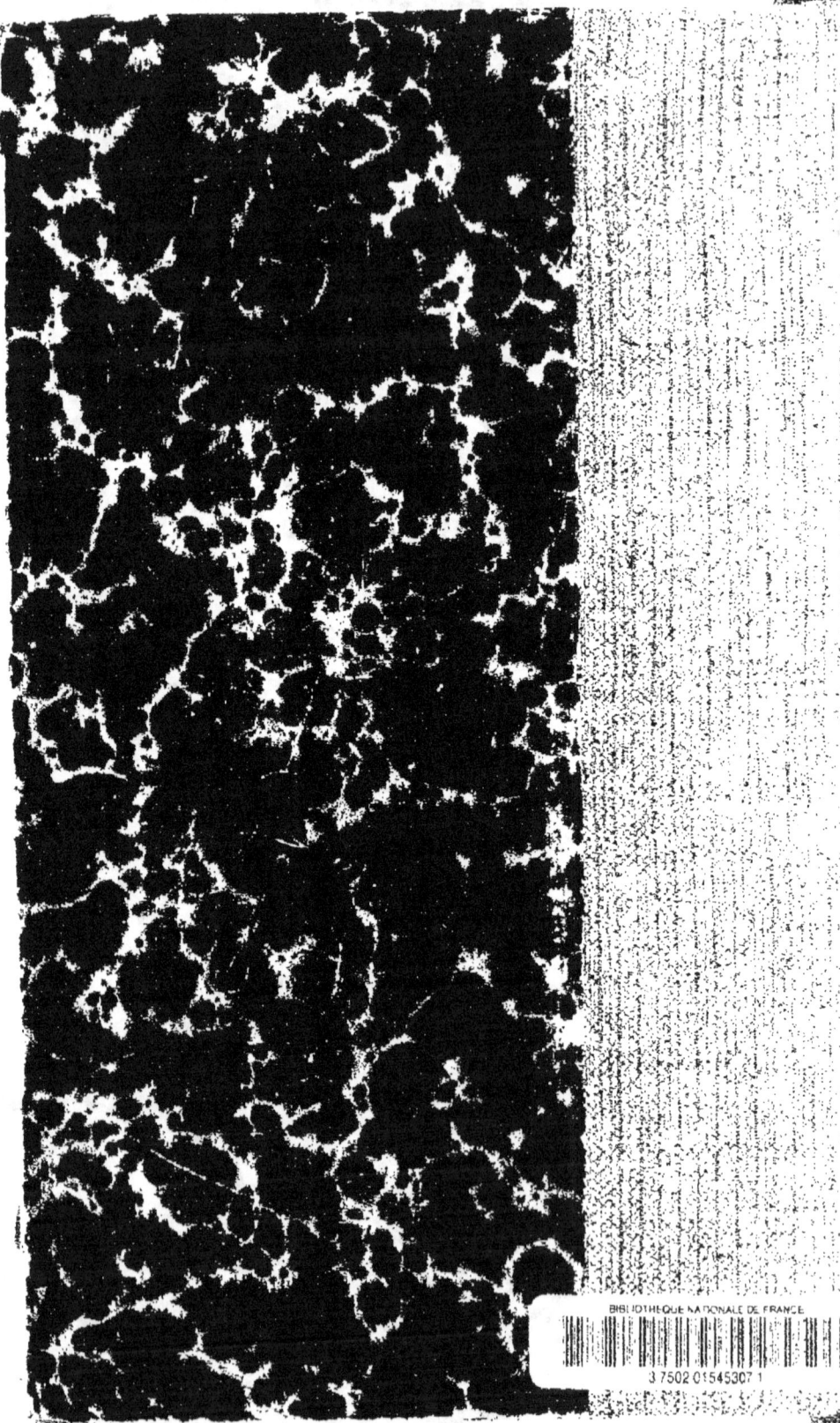

www.ingramcontent.com/pod-product-compliance
Lightning Source LLC
Chambersburg PA
CBHW051151260626
47170CB00005B/2053